最後まで読まれなかった「クリスマスの物語」

川崎市中学生いじめ自死事件調査報告書から

渡邉信二
Watanabe Shinji

高文研

はじめに

「中学生が自宅で亡くなったの」

携帯電話に届いた、たった一行の声が、何度もぼくの鼓膜を木霊《こだま》した。

電話の送り主は、川崎市教育委員会学校教育部多摩区担当指導主事の同僚からだった。

同僚の所属や役職は一息で読めないほど長い。教育委員会は、一般市民をこの段階から拒んでいると言われても仕方ないとすら思ってしまう。

その仕事をぼくは四年間担った。

亡くなった中学生は、川崎市立南菅《みなみすげ》中学校の当時三年生だった篠原真矢《しのはらまさや》さん。

二〇一〇年六月七日のことだった。

真矢さんを自宅のトイレで発見した篠原真紀《まき》さんは、彼のお母さんだった。

何度も我が子の名前を叫び、語りかけ、問いかけた。生まれた真矢さんを抱きしめ、育て続けたその掌で何度も全身全霊で体温を送り続けた。

それでも真矢さんの心臓の鼓動が蘇ることは叶《かな》わなかった。

その時の情景をぼくはいつも想像する。

そして、自分をその場に置いてみる。耐え難い。狂乱するかもしれない。

その現実がまさに起こったのだ。


この本は、一般市民にはほとんど読まれることがないであろう「三年男子生徒死亡に関する調査委員会による調査報告書について」をあらためて物語ろうと思って書いた。報告書を書いた本人が物語るのだ。こういう本はぼく自身、手に取ったことも手を伸ばしたこともない。

報告書は、基本的にぼくと現・川崎市教育委員会教育長の小田嶋満《おだじまみつる》氏の二人で書いた。小田嶋氏は当時、川崎市教育委員会学校教育部多摩区教育担当課長という役職名だった。

ぼくの報告書の執筆担当の中心は、篠原真矢さんの内面の考察（内的状況についての考察）である。

この報告書が提出された後も、学校のいじめや若者の自死は増えるばかりだ。いじめ防止対策推進法〈註1〉ができても減らないのはなぜだろうか？ 司法の力では及ばない領

（右から）篠原真紀さん、宏明さん、著者（写真提供／認定 NPO 法人・神奈川子ども未来ファンド）

域とは果たして何なのだろうか？　問いが重なってゆく。法律ができてから、学校と教育委員会はますます「塊」として語られ、時には「グル」だと揶揄される。

ぼくは現在、一般社団法人「ここから未来〈註2〉」のアドバイザーとして、篠原宏明《ひろあき》さんと篠原真紀さんたちと横並びで講演やシンポジウムの活動をすることもある。日常的にいじめや自死についての相談や意見交換もしている。

ぼくたちが敵対関係にならなかったのはなぜだろう？

それらの問いかけに対して、本書が共に歩いて行けるような存在になることを願って止まない。

渡邉　信二

〈註1〉いじめへの対応と防止について学校や行政などの責務を規定している。二〇一一年、学校側がいじめはなかったとして隠蔽や責任逃れをしたことが原因で起こった大津市中二いじめ自殺事件が翌一二年になって発覚して、大きく取り上げられたことが契機となった。二〇一三年六月二八日に与野党の議員立法によって国会で可決成立し、同年九月二八日に施行された。

〈註2〉二〇一七年八月に設立された「一般社団法人ここから未来」は、さまざまな学校事故・事件の調査や研究を行い、その情報を発信する。また、子どもの生命や人権を守るために、講演などの各種啓発活動を行う。

最後まで読まれなかった「クリスマスの物語」◉目次

第二部 「生き／残る／人」の歩き方

装丁・細川 佳
カバー写真・ジャン松元

第一部

生き方報告書をつくろう

中学の制服姿の篠原真矢さん（写真提供／篠原宏明）

I　生徒が死ぬということ

「中学生が自宅で亡くなったの」

同僚からの一報を携帯電話の向こうに聴いた時、ぼくは、川崎市の教育委員会に在籍していた。学校教育部に属する多摩区教育担当の指導主事という仕事だ。一見、カッコいい感じがするけれど、要するに教育委員会の地区部門の末端にいる実働隊員である。つまり、「何でも屋」だった。

ぼくが就任した二〇〇八年度から、川崎市に七つある区の各区役所内に、「教育担当（地区担当）」を設置する試みが始まった。区役所の児童福祉や子ども支援の他部門との連携を強化するという目論見からの変革だった。

仕事は、幅広い。区役所での市民からの相談業務をはじめ、区役所の他部門や児童相談所、警察との連携会議や事案共同会議などがある。そして学校訪問や教員研修の企画・運営。各学校からの相談対応や個別事例を検討するケース会議の実施がある。さらに「音楽のまち川崎」「読書のまち川崎」「映像のまち川崎」などの事業への参画と実施もある。児童・生徒の様々なコンクールの企画・審査・表彰活動、野宿生活者への訪問や状況の把握のための連絡の取り合い、地域パトロールなど、多種多様な事業を抱えている仕事だ。

川崎市の小学校教員になって約一七年目の年度末に突然連絡があり、何の予備研修もなく年度初めから実働隊員として働くのだ。つまり、「やりながらできるようにしてゆく仕事」なのだ。それは初任者教員とも似ている。いきなり初年度から学級担任を「やりながらできるようにする」のだ。潤沢な研修制度に毎週参加しつつ、学級も経営するのだ。

話が逸れた。悪い癖だ。

二〇一〇年六月七日

ぼくが中学生の自死の連絡を受けたのは、多摩区教育担当指導主事の仕事を担ってから三年目の二〇一〇年六月七日のことだった。各区に配属された指導主事は、小学校出身と中学校または高等学校出身の二名である。その二名に直属の担当課長が一名就く。多くは、教頭出身者だ。例外もある。さらに、事務主査一名と当時は複数の心理・教育関係の専門資格をもった経験豊かな相談員一名が配置されていた。退職校長の非常勤職員の存在も心強かった。経験から生み出される助言が生きて働くからだ。

いろいろ書いたけれど、ぼくはそういう仕事をしている最中に、篠原真矢さんと出会った。でも、真矢さんの身体は、もう死んでしまっていた。死者としての篠原真矢さんとの出会いがぼくと彼との初対面になった。

当時、篠原真矢さんは、川崎市立南菅中学校三年の生徒だった。六月七日は、修学旅行の代休日。真矢さんは、五月二九日にホームセンターでトイレ用洗剤を買ってすでに用意していた。さらに六月七日の午後、両親の不在時に時間指定された農薬が自宅に届いた。

篠原真矢さんは、それらの物品を使い、自宅の一階にあるトイレ内で硫化水素を発生させて、自死したのだ。気体を発生させただけではなく、原液ごと飲み込んだ。気体を発生させ過ぎすると、家族の命にも影響が出てしまうと思い、咄嗟に配慮したのかもしれない。

トイレ内には、横書きの遺書があった。

「遺書」について

ぼくは、遺書を何度も繰り返し読んだ。そして、篠原真矢さんをもっと知りたいという動機が高まったのもこの遺書がきっかけだ。

故人には失礼だけれど、「おもしろい人だな」と直感した。

「おもしろい」というのは、漢字の変換や引用の内容、文脈などに顔が見えるような特徴があったからだ。

直感には根拠を当てはめることが大切だ。篠原真矢さんの書いた遺書の前半は、「困っている人を助ける」ことで、「人の役に立ち優しくする」という目標が綴られている。しかし、すぐに逆説の「でも」が入り、「人に迷惑ばかりかけて」「友達も護れなかった」という現実を書いている。遺書はさらに自分を責めていた。「こんな俺が、人並みに生きて、友達を作って、人生を過ごしていく……そんなことがあっていいはずがないんです。俺がいて不幸になる人は多勢いる。それと同時に俺が死んで喜ぶ人も多勢いるはずです」と。

「こんな俺」という自虐。

遺　書

お父さん、お母さん、お兄さん、お婆ちゃん、先立つことをどうかお許しください。

俺は、「困っている人を助ける・人の役に立ち優しくする」

それだけを目標に生きてきました。

でも、現実は人に迷惑ばかりかけ、F（友達の実名）のことも護れなかった…

それに俺には想い出が多すぎました。

こんな俺が、人並みに生きて、友達を作って、人生を過ごしていく…

そんな事があっていいはずないんです。

俺がいて不幸になる人は多勢いる。それと同時に俺が死んでも喜ぶ人も多勢いるはずです。

でも、俺はFをいじめた、B、C、D、E（加害生徒４人の実名）を決して許すつもりはありません。

奴等は、例え死人となっても、必ず復讐します。

でも、十四年間楽しいこともたくさんありました。

春は　桜が出会いを運び　夏は　花火が夜空に消えて

秋は　紅葉が空をも染め上げ　冬は　白雪が乾いた心を潤す

季節が過ぎてゆく中で色々ありました。それが全ての想い出となって心に残っています。

家族のみんなにはお願いがあります。

1つは、自分達をどうか責めないで下さい。

俺が死ぬのは家族のせいじゃありません。俺自身と、Fをいじめた連中が悪いんです。

大丈夫。ある日は日の光となり、ある時は雨となって、あなた達の心の中で生きています。

だから哀しまずに、俺の死を糧として、全力で生きていって下さい。

だから哀しまずに、俺の死を糧として、全力で生きていって下さい。

2つは、俺の臓器が無事だったら、それを売ってお金にしたり、お婆ちゃんや爺ちゃんの治療に使ってください。それが俺にできる唯一の罪滅ぼしだから…そして赤青のバッティング・グローブは形見にして下さい。

今まで本当にありがとう　そしてさようなら

～君がため　尽くす心は水の泡　消えにし後は　澄み渡る空～

何がそう言わせるのか？

「人に迷惑ばかりかけて」「友達も護れなかった」という「こんな俺」への軽蔑。

「友達も」の「も」に、引っかかる。

では、「も」に対する「は」は誰なのだろう？　何だろう？

篠原真矢さん自身のこと？

考え方や生き方のこと？

他の誰かの命のこと？

「俺がいて不幸になる多勢」と「俺が死んで喜ぶ多勢」とは誰や何をさしているのだろうか？

さらに、「大勢」ではなく「多勢」と書く意図は何だろう？「多勢」という用例は、慣用的な「多勢と無勢」という定型表現に顕れる。つまり、稀である。「多勢」がいじめている人や傍観的な人たちで、「無勢」がいじめられている少数の立場を言い表しているのだとするとこの表記は腑に落ちるかもしれない。

言葉へのこだわり。

続いてゆく疑問符。

前半の短い文章だけで、「でも」が三度反復されている。そしてそのたびに揺れ動いている。無念さと現実と理想の間をまるで振り子が揺れるように。

それは葛藤するひとりの若者の内面の表情のようだった。

読点の位置にも引っかかる。

「俺自身と、友達をいじめた連中が悪いんです」の読点の位置である。こういう時は有るものを無くしてみるといい。

「俺自身と友達をいじめた連中が悪いんです」に置き換えてみる。すると、いじめられたのは二人だったとなる。

もう一度読点を元に戻してみる。

「俺自身と、友達をいじめた連中が悪いんです」だと、悪いのが「俺自身と連中」になるわけだ。しかし、遺書の前半では、自分自身を「悪い」とか「人に迷惑ばかりかけて」と書いてあるので、読点の位置をあながち間違って書いたとも言えない。

漢字の変換も独特である。

「友達のことを守れなかった」ではなく、「護れなかった」という表記が目を惹いた。

「護る」にすることで、友達への敬意や尊厳が増す印象があった。実際に後の調査でこの友達への真矢さんの意識や思いは、その漢字に相応しいものであることがわかっている。
また、「悲しまずに」ではなく、「哀しまずに」という表記を選んでいる。「こんな俺」だけど、もうことさら哀れに思わないでほしい、と哀願しているような印象だ。先述した「多勢」も然りである。

さらに遺書の終盤には、土佐藩の武士、岡田以蔵の辞世の句を引用している。

君がため
尽くす心は水の泡
消えにし後は　澄み渡る空

「辞世の句」とは文字通り遺言そのものである。つまり、死に際に託《ことづ》ける詩歌のことだ。
この詩の「君」は、天皇や藩主などの権力者だという解釈が一般的である。藩のために尽くしたその結果が、斬首なのかという無念の気持ちが表出されている詩歌だと言われている。

この詩歌の引用によって、「人の役に立ちたい」とか「困った人を助けたい」という篠原真矢さんの希求する目標は、しかし結果として報われなかったことが重なる。幕末の武士の心情に自分を重ね合わせることで、自らの着地点を探し求めているような引用だ。

「遺言」について

篠原真矢さんは、遺書とは別に、遺言も書いていた。そこには、父母、祖母、兄、友人たち一人ひとりに送ったメッセージが記されていた。

遺言の二行目に、「俺は、自分をさらけ出して生きていくのも、人に迷惑をかけていくのにも疲れました」とある。遺書と同様に「人に迷惑をかける」ことへの後悔が綴られている。それと同時に、「自分をさらけ出して生きていく」という、遺書には表現されていない言葉が吐露されていた。

「さらけ出して生きる」とは、篠原真矢さんのどのような態度や行動を示すのか？

さらに続いてゆく疑問符たち。

遺書で「護れなかった」と書いた友達に対して、遺言では、次のように言葉をかけている。

○○（名前）は最後まで何もしてやれなかった。本当にゴメンな……。また、○○（名前）とかクラブチーム（野球）の奴にやられたら、親や友達に相談しな。お前は優しいから、誰にも迷惑かけたくないと思っているかもしれないけど、それは違うぞ。人は支え合って生きていくもんだからな。時には人の手を借りて、背負わずに生きてほしい。

この言葉を知った真矢さんの同級生のひとりは、「まるで篠が自分自身に自問して言っている言葉みたいだな」と語っていた。

遺言の一人ひとりへの託《ことづけ》を読んでいると、卒業生に贈る先生の手紙のような印象を受けるかもしれない。

これから自らの命を絶つ人が、他者の命を励まし、希望の未来へ連れて行こうとしているかのようだ。

調査委員会

調査委員会が立ち上がったのは、命日から一週間後の六月一四日だった。

命日から調査委員会設置までの一週間は、連日、市教委・学校と篠原宏明さん、真紀さん、そして二人の心身を支える地域の人たちとの会合が続いていた。

篠原宏明さんと真紀さんは、真矢さんの父母である。この二人に帯同した地域の人たちの存在はとても貴重だった。自宅で我が子を喪った家族。その心身の混乱や悲鳴、動揺と混濁を受け容れ、受けとめ続けたからだ。時には一緒に泣き、行き場のない感情を代弁し、学校や市教委にぶつけた。感情の代理人を担ったのだ。そこに費やしたエネルギーは甚大だったと察する。

ぼくは、市教委の席に座る末端の指導主事だった。ある日の会談の席で、「あんたらは人殺しと変わらない」と言われた。

ぼくは激しく動揺した。

でも、もし、ぼくの家族が真矢さんのように自宅で自死し、遺書や遺言が託《ことづ》けられていたとしたら、果たして精神が狂乱せずにいられるだろうか？　ぼくも同じ言葉を相手に発するかもしれないと思えた。その思いが自分の中の動揺を凌駕したいとあがいていた。両親を包み込む悲しみと自責と憎しみと後悔と絶望を想像する。

それは果てのない旅のようにすら思えたのだ。

連日の会談の期間には、真矢さんの葬儀が行われた。ぼくも参列し、葬儀の様子を少し離れた場所からずっと見守っていた。

真矢さんの棺の蓋が閉じられようという時、真紀さんがそれを受け容れられなかった。嗚咽し、何度も真矢さんの名前を呼び、叫び、問いかけた。自宅のトイレで真矢さんを発見し、心臓の鼓動が戻るように願って名前を呼んだ時のように。何度も何度も……。

この時、家族の背中をさすって共に泣いたのも地域の支援者の人たちだった。生徒たちも手を合わせ、声をかけている。たくさんのすすり泣きの音色が会場に染み渡った。ぼくは自分が立って見つめている場所からの距離以上に心が離れているのを実感していた。

「ぼくは篠原真矢さんのことをここにいる誰よりも知らない人間なんだ」

そんなぼくが、これから調査委員の中心になって歩いてゆけるのだろうか？　そんな資格がこのぼくにあるのだろうか？

自問する一方で、遺書と遺言から生まれた疑問符がぼくの中に息づいてもいた。篠原真矢さんについて知りたいことがある。それを探すことが亡き人への供養になるかもしれない。そう思い始めていたのだ。

「誰よりも彼のことを詳しくなってやろう」

ぼくは、密かに誓った。

調査委員会は、希求する三つの設置目的を掲げた。

①篠原真矢さんの死亡に関する背景などについて

②在校生の心のケアに関する体制について

③再発防止に向けた学校の指導体制について

これらの調査内容を目的にして情報収集し、調査方法や結果の考察に関して意見を述べるとともに、事案発生に至る事実関係を調査するのだ。

委員は、全部で一一名。学校三名、保護者三名、地域二名、市教委二名、有識者一名である。

二〇一三年のいじめ防止対策推進法が制定される前なので、ガイドラインなども乏しく、手さぐりの調査委員会設置だった。委員構成を見るとわかるように、学校と市教委だけで五名もいるのだ。現行の第三者委員会では考えられない構成だ。しかし、遺書の記述からすれば、学校で起きたいじめがもとに尊い命が喪われたことは明らかだった。学校長が陣頭指揮を執って調査を運営しようという方向性をつくったことは、ある意味、本来的な姿であるのだといいまでもぼくは考えている。

調査委員会が立ち上がる前段階として、命日の翌日六月八日、いじめられていたとされる生徒とその保護者への中学校教員による聞き取りが実施された。その聞き取りでは、中学二年生の一一月から三月の休み時間に、遺書に名前が書かれたFが、B・C・D・Eたちから、悪口を言われ、叩く、蹴るなどをされたことがわかった。止めに入った真矢さんもやられることがあった。他に止めてくれた女子生徒が一名いたこと。三年生になってそれらの行為は減ったが、同じクラスになった一名からは、時々ちょっかいや悪口があった。

しかし、期間が長く嫌だったが、いじめられているという意識はなかった。

ところが、六月一五日になって、Fはいじめられている意識はなかったというのは嘘だったことを母親に話したのだ。いろいろ言われたりやられたりしたことは、本当は辛かったこと。そして、その気持ちを誰にも言えなかったことを語ったのだ。

さらに調査委員会発足に先立ち、学校は、遺書に記名されていた生徒四名からの聞き取りを実施した。

その聞き取りでは、いじめられていたとされる生徒への暴力などの問題行動をしたこと。真矢さんに対してもいくつかの問題行動をしていたこと。一緒に遊んでいたという感覚だったこと。真矢さんは嫌がらずに笑って応じていたし、やり返していたこと。一度他の生徒から注意されたことや担任からも注意されていたことなどの証言を得た。

調査委員は、学校が実施したこの五名への聞き取りの根拠や学年全体の状態と個々の調査の必要性を確認し、動き出そうと決めた。

そして、六月一五日の第一回調査委員会の翌日である一六日に、全校生徒に調査票を配布した。「学校生活に係る調査」と題し、いじめや嫌がらせの行為について、見たり聞いたりしたことを無記名で記述させた。六月二二日の第二回調査員会では、調査票の結果の分析を行った。

この分析は、仮説を導き、課題を浮き彫りにするという点で重要だ。つまり、これからの調査の方向性をつくり出す時間なのだ。

四つの柱が立った。

①二年時を中心に、遺書に名前のあった生徒を中心に、いじめられていたとされる生徒と死亡した男子生徒に対して、いくつかの問題行動があったであろうこと。

②①を他の生徒や先生が目にしたであろうこと。

③三年時も、他の生徒による同様の行為が行われていたであろうこと。

④他学年においても、いじめが行われている可能性があること。

さらに、調査票を参考に生かして、次の二点も課題にした。

・対面式を中心にした追加調査をし、生徒の任意や委員の要望で聞き取りをすること。

・学年全体の生徒の状態や状況の理解のために、異動した教員も含めた関係教員からの聞き取りを行うこと。

このように、調査委員会は、その後も課題への試みを実施し続ける営みをした。実施内容に対する検証を行い、さらに修正や課題の追加をした。つまり、新たな課題を創出し、再び試みるという活動の循環を生み出す会であり続けようとしたからだ。

九月初旬までに計九回の委員会が行われた。七月二二日の第五回調査委員会の後、二四日に、篠原さんの家族へ「中間報告」を行った。また、二四日から二七日には、関係保護者への中間報告を実施した。

この時点までに、五〇名の生徒、一三名の教員、数名の保護者・地域住民との面談を実施していた。そしてその情報から中間報告を作成・実行したのだ。

報告の内容は三点に集約された。
①自死の総体的背景と篠原真矢さんの内的状況をさらに調査することの必要性。
②主に二年時の二人の生徒に対する問題行動の状況。
③学校体制の不備な点。
中間報告で不十分な視点は明らかだった。篠原真矢さんの内面の考察である。そこを最終報告までに探求する必要があったのだ。

一度、最終報告書の提出を真矢さんの四十九日の法要までにしてほしいと篠原宏明さんから要望されたことがあった。

ぼくは、その要望には応えられない意志を伝えた。傷《いた》む家族にとっては歓迎できない応答だ。

「理由は何ですか?」

篠原宏明さんは、やや語気を強くしてぼくに訊ねた。

「真矢さんは遺書や遺言に見られるように独特な語彙表現によって思いを遺しています。他にも表現したものが残っているかもしれません。じっくり調べたいのです」

ぼくは、却下されると思った。

しかし、篠原宏明さんは、「わかりました」と返答してくれたのだ。

調査委員会には、一名の有識者がいた。帝京大学溝口病院精神科の張賢徳先生である。

ぼくは、もし、自分が篠原宏明さんや真紀さんたち家族の立場だとしたら、報告書の完成までの毎日をひたすら待ち続けることの苦痛を思った。そうだとしたら、少しずつ知りたいと思うはずだ。字面の報告書だけではなく、肉声の報告が時々届くことは、悲嘆や喪失の苦悩の日々にとって、小さな、でも確かな陽射しや一筋の光になるかもしれない。そう思っていた。ぼくと小田嶋満担当課長はいつもそのことを案じていたので、張賢徳先生に相談してみることにしたのだった。

「どんな学校生活をしていたのかを知ること、どんなことを考えていたのかを知ることは、残された人にとって、とても大切な営みなのです」

張賢徳先生の言葉が、ぼくたちの背中を押してくれた。穏やかさと確かさを伴って。

張賢徳先生は、調査委員会でとても貴重な存在だった。調査に集中し過ぎて視野狭窄に陥りそうなぼくにとって、特に。

ひとつの観点に偏りそうな状況で、異なる見方を授けてくれることがあり、よく救われた。

張先生を何度か訪ねて帝京大学溝口病院に足を運んだ時、一度だけ、先生は自分の極めて個人的な経験を語ってくれたことがあった。それは、学生時代に親友を自死で喪ったことだった。そのことは、張先生の著書『人はなぜ自殺するのか』(勉誠出版、二〇〇六年)の序章「旅の始まり」に記されている。少し長くなるけれど、全文を引用させてもらうことにしよう。

＊　＊

一九九一年三月、医師国家試験を一〇日後に控え、自宅に籠って朝から晩まで勉強していた私の部屋の電話が鳴った。友人の沈み込んだ、聞き取りにくい声だった。しかし、確かに彼は私たち親友の自殺を告げた。私は目の前が真っ白になった。本当に文字通り視界全部が真っ白になり、何も見えなくなった。そのような現象があることは知っていたが、まさか我が身に起ころうとは。そのときは勿論、そんなことを思う余裕もない。呆然としたまま受話器を置いた。次の瞬間、涙がとめどなく溢れ出た。私は泣き続けた。自分を責めた。

強い自責感に苦しんだ。実は、その一ヶ月ほど前から、亡くなった親友から毎日電話が来るようになった。話の目的がはっきりしない電話だった。今は試験勉強で大変な状況だと私は伝え、暗に電話を拒絶したが、それでも次の日もかかってきた。話の内容がだんだんとおかしくなっていった。話題は変わりやすく、私のことを「お前は天才だ」とか「お前は予知能力みたいな力がある」などという冗談のような褒め言葉も混じるようになった。普段の彼ではないとその時感じたが、今から思えば、精神医学の知識をきちんと持っていれば、もっといい対応ができたであろう。当時の私は、国試勉強に追われて心の余裕が無く、彼の電話を避けてしまった。数日後、彼からの電話はぷっつりと途絶えた。

それから一週間位して、彼の死を告げる友人からの電話を受けたのだった。彼を失ったこと自体のショック、しかも自殺という死に方、そして自責感。私はその日から眠れなくなった。外に出ると彼を思い出させる光景が目に入り、勝手に涙が流れ落ちる。すれ違う人たちが私のことを見ているのがわかるが、涙が止まらない。急性心因反応といえる状態である。

それでも国試にこだわる自分を冷たいと思いつつ、勉強をなんとか続けた。とにかく睡眠を確保したいと思った。医者になっている先輩に事情を話し、睡眠薬を出してくれるよう頼んだが、今まで眠剤を飲んだことがなければ使わない方がいいと言われ、出してもらえなかった。この先輩の回答は今思うと疑問だが、当時の私はそのアドバイスを信じた。眠れないまま、ふらふらの状態で試験に臨んだ。試験場で私は亡き親友に謝って、そして祈った――「医者になって人のために尽くすから、合格させてくれ」。

祈りが叶ったのだろうか、幸い試験に合格した。そして、予定通り帝京大学市原病院麻酔科で研修医として働き始めた。当時の私は医者としての確たる進路を決めかねていたが、初期研修として麻酔と救急は必須だと考え、最初は麻酔科を選んだ。ずっと麻酔科医としてやっていくつもりはなく、やりたいことがみつかれば進路変更するつもりでいた。森田茂穂麻酔科教授も私のわがままを了承してくれていた。

麻酔科臨床はストレスフルである。忙しさと緊張感に、研修医の私は追い立てられていた。それでも、比較的安定した容態の患者さんの手術では、ふと一息つける時間がある。そんな時、自然と亡き親友のことが想い出される。自責の念で苦しんだ。忘れようと努力したこともあったが、無駄だった。この十字架をずっと背負うんだと思った。

研修を始めて四ヶ月目、私は帝京大学の派遣留学生制度に選ばれた。翌年の一〇月から英国ケンブリッジ大学大学院に留学することになった。その時、今自分は何がしたいのか、何をしなければならないのか、私はじっくり考えた。そして、自分に科された十字架を乗り越える道を選んだ。すなわち、自殺問題に取り組むことである。これを乗り越えないと、自分の人生は前に進まないと思った。私は精神医学を選び、大学にも了承していただいた。麻酔科研修を五ヶ月で終えるという無理を麻酔科森田茂穂教授に許していただき、帝京大学神経科に入局した。

これが、私の自殺問題の取り組みの理由である。当時、誰にも話すことができなかった。あるいは、人に話して、自分の責任を追及されることを心のどこかで恐れていたのかもしれない。涙を流すことなく話せるようになったのは、親友の死から五年以上経ってからである。しかし、今でも心が痛む。

ここにこうして経緯を書き記すのは、同情を求めてのことではない。この本を書き進めるにあたり、自分の体験の時系列にそって、自殺に関する知見をまとめようと思いついたためである。その始まりとして、重い幕開けだが、正直に書き残そうと思った。それが私の旅の始まりである。

＊　＊

張賢徳先生との出会いによって、篠原宏明さんと真紀さんに、聞き取りの成果を週末に伝えに行くことが決意できた。しかも二人にそのことを受け容れてもらえたことは、ぼくの探求にとっても真矢さんの供養にとっても大きな意味と前進を予感させた。

いじめの検証のための調査に思えるが、ぼくには、真矢さんがどのように生きたかという証の探求でもあった。ぼくは、真矢さんの身体が亡くなってから初めて真矢さんと出会った。だから、真矢さんの思想と生きた足跡が知りたかったのだ。この飽くなき希求のために、ぼくはどうしても真矢さんの部屋に入れてもらいたいと思うようになっていた。でも、口には出せなかった。

篠原さんの自宅訪問を続けていく過程で、宏明さんと真紀さんがぼくと小田嶋担当課長の前で泣いたり笑ったりする姿を見せてくれた。喜怒哀楽を示してくれるようになったのだ。ぼくたちも一緒に泣き笑いを共有するうちに、ふと、命の重なりをぼくは心の内奥に感じるようになった。そう、一瞬だが、命がふわっとふくらむ感覚である。ぼくは、この感性が弾けるような感じ方を冷静に自分の心に留めておくことにした。

調査はこれからが本当の始まりだとわかっていたからだ。

「あいつの部屋をみてやってください」

篠原さんを訪問していたある日、思いがけず宏明さんが口を開いた。

「あいつの部屋をみてやってください」

「えっ?」

「あいつの部屋のものをすべてみて構いません」

「本当に……いいのですか?」

「私たち両親がわからなかったあいつの心の中を調べてやってください。お願いします」

望み続けていたこととはいえ、実際に放たれたゆるしの言葉は、ぼくの心の内奥に木霊するようにしばらく響き続けていた。

二階に向かう階段の歩みは重く、でも、確実に満ちてゆく期待とそれとは相反する責任にも似た複雑な感情に包まれていた。

ドアの向こうに到着した。

「真矢さんお邪魔します」

部屋にあるベッドの上は、先ほどまで本人が寝ていたのではないかと感じた。手をつけていない。

いや、手をつけられないのだ。

亡くなってから、時間が止まったかのように、そのままだった。手を加えて気配を消したら、本当に真矢さんが遠い彼方にいなくなってしまうって思うのはあたりまえだよな、と改めて感じ入る時間だった。

枕の横には読みかけの本があった。

本棚の本を確認し、ぼくはメモをした。聴いていたＣＤも。机の引き出しも開けた。たくさんのメモ書きの用紙には、詩が書かれていた。音楽の歌詞が書き写されていた。自分でつくった詩もある。恋文の書きかけらしいものも出てきた。

「真矢さん、ごめん。もしぼくが君の立場だったら絶対こんなことをされるのも読まれるのも嫌だよ。でも許してください。ぼくは誰よりも、君のことを知らなさ過ぎる。それがとても悔しく歯痒《はがゆ》い。だから誰よりも知りたいんだ。だから、だからぼくの無礼を許してください……」

ぼくの身体は、五感を超えた第六感とも言える気流のようなものが入ってくるのを感じていた。ぼくは、あの瞬間、明らかに何かが大きく転回した。別人になると言ったら大袈裟かもしれないけれど、ぼくの中で、真矢さんの死生と共に進んでゆこう、生きてゆこうという産声を聴いた一瞬を、ぼくは絶対に忘れることはないだろう。それは、崇高なものからのある種の宗教的な導きにも似ていたかもしれない。あっという間に全身を駆け巡る電流のようにも思える。

忘れられない、忘れてはならない感触と実感だった。

ぼくは、引き出しから見つかった歌詞の書き写しや本棚にあった本や音楽をすべて調べ、購入し、読んだり聴いたりした。

曲の歌詞の書き写しも、真矢さんがそうしたように確かめるように用紙に書き写してみた。登下校の道のりも異なる時間や天気を選んで複数回歩いてみた。

とにかくぼくは身体で、そして指先で実感しながら真矢さんの思想や生きる方向性を探していたのだ。その内容については、次項に書き綴りたいと思う。

中間報告以後、篠原真矢さんの三年時の周辺の状況や内面に係る情報収集のために、真矢さんの部屋の手がかりも関係づけた補足・追加の聞き取りを行った。生徒二三名、教員五名から実施し、第七回〜第九回調査委員会において考察の原案を検討し合った。

二〇一〇年八月末の最終報告書の提出までに、在校生七三名、他校生四名からの聞き取りを実施した。さらに、教員二二名からの調査用紙による調査と一八名の教員からの聞き取りを続けた。また篠原宏明さんと真紀さん、保護者や地域住民四名からの情報にふれた。そして、先述した篠原真矢さん自身が残した遺書、遺言、メモ、手紙、メール、授業作品やノートなどが自死の背景の探求の材料として生かされたのである。

II　死亡報告書から生き方報告書へ①

真矢さんに起きたこと、そして、真矢さんはどんなことを考え、悩み、願い、生きていたのだろうか？

その問いは、真矢さんの「生き方報告書」への視点に変換されていった。それは、特に報告書の中の「内的要因」のページに集約されている。

小学校高学年の頃までに遡り、篠原真矢さんの自死事案の背景にある諸要因にふれながら、彼の「生き方」の足跡として物語ってゆこうと思う。

本章（II　死亡報告書から生き方報告書へ①）では、主に外的な要因や出来事の概略を時系列で追ってゆくことにする。

次章（Ⅲ　死亡報告書から生き方報告書へ②）では、内面の変化や感情の揺れ動きについての推察に目を向ける。

小学校高学年時の正義感と感情の起伏

聞き取りの中で、小学校からの同級生や小学校時代の教員から話を訊くことがあった。南菅小学校は、南菅中学校の真向かいに位置する学校である。

真矢さんは中学校野球部も含めて、少年の頃から野球を続けていた。その関係で、父・宏明さんのソフトボールの練習や試合に帯同することがあった。宏明さんから訊いた話が印象的だった。ソフトボールの試合でベンチから大きな声を出して大人たちを応援していた真矢さん。凡打を放ち、一塁への手抜き走塁をする選手に納得がいかない。だから、ベンチに帰ってきた大人に対して意見を言ったり喝を入れたりすることがあったそうだ。宏明さんは嬉しそうにそのことを話してくれた。

また、母・真紀さんは、小学六年生時の修学旅行で宿泊した旅館で土産を買う時間の話もしてくれた。旅館では限られた時間での土産購入の機会だったため、売り場で児童がとても騒がしかったそうだ。そこで当時の学校長が、子どもたちに公共の場での不適切な行動を注意した場面があった。その注意の際の言葉遣いが頭ごなしでやや乱暴だったことに違和感をもったのは真矢さんだった。翌日、修学旅行から学校に到着した真矢さんは、到着式での活動の振り返りの時間に、大勢の前で学校長の言動についての抗議をしたのだ。当時の学校長はその正々堂々の批判を受け容れ、感謝の言葉を自宅に電話し、保護者にも伝えている。この逸話をぼくは、学校長からも直に訊くことができた。

このような正義感や勇気に対しての評価は賛否両論だった。自分にできないことを言ったりやったりしてくれて助かったと感じている人がいる一方で、目立つための行動だとか、不思議な人だと評価する声もあった。

小学校高学年の頃の真矢さんの夢は、警察官になることだった。小学校時代のひとりの教諭は、あるクラスメイトが行っている行動は許せないと訴えてきた逸話を聞き取りの際に語ってくれた。このような証言は複数ぼくの元に届いた。ものごとへの対処は決して器用ではない。でも少しずつ力を注ぎ、他者から認められようとしていた。

運動会では応援団になった。また、運動会実行委員では、学年種目を企画した。「南菅劇場」という劇の会ではミュージカルの難役にトライした。学校の運営委員にも立候補し、地道な活動にも参加していたのだ。

遺書にも綴られていた、人の役に立ちたいという「目標」は、小学校時代から確かに存在し、すでに挑戦が始まっていたのであろう。

篠原真矢さんは、普段はあまり目立たない存在だと見られていた。しかし、ここぞという時に意見を言ったり行動したりする人だった。そして、その言動や行動は時としてどこまで真面目で本気なのかを周囲に迷わせる側面も持ち合わせていたようだ。納得のいかないことがあると、小学校時代からしばしば感情を昂《たかぶ》らせた。相手が誰でも反抗することもあった。先生に叱られて、先生に向かって定規を投げたこともあった。「怒ると烈しく周りが見えなくなる」という同級生の声も聞かれた。「自殺してやる」と口走ることもあったという。喜怒哀楽の振幅が大きく、真面目な時とふざけている時のギャップが大きかったようだ。

中学一年時の真矢さん

中学校へ入学した真矢さん。

学校生活のことを自宅であまり話すことがなくなった。

ところが、一年生時の駅伝の行事については、よく話していたという。それだけの手応えや自己肯定感の証を感じていたのだろう。その駅伝を隅に追いやってでも立候補したのが生徒会役員だった。小学校高学年時代から運営委員会をやっていた手応えと意欲の流れで挑戦した思いを共有している生徒がいた。その生徒も真矢さんの小学校時代の同級生で、同じ運営委員会のメンバーだった。

「小学校の頃のように、自分の考えを行動に起こして、自分らしい活動がしたいという気持ちをぼくに話してくれました」

一年時の学級は、あまり落ち着かない様子だった。そういう環境の中で、小学校時代にも時折垣間見えた感情の高揚が見られた。母・真紀さんもたびたび、学校に来校していた。真矢さんは、授業中に頻繁に手出しをしてくる落ち着かない同級生に腹を立てた。そばにいた生徒がたまたま持っていたカッターを真矢さんに渡した。カッターをもった手を前に伸ばした時に落ちつかない相手の手の指にカッターの刃先がかすってしまい、相手生徒の手の指を傷つける出来事があった。

また、些細なことで授業中に喧嘩になり、学年主任や担任に放課後指導された。真矢さんを含む三人の生徒である。指導の最中に歯軋《はぎし》りや舌打ちをした真矢さんに対して、学年主任が怒り、他の二人の生徒を帰宅させて真矢さんをさらに諭した。自分だけ指導された真矢さんは感情を激高させた。感情が高揚すると同級生でも先生でも感情を直にぶつけるようなことがあったのだ。

「ヘタレな自分」から脱却し、他者からの承認欲求を模索し、待望していた。その思いを不条理な理由で阻まれることへの強い反抗心が表出しているかのようだ。

真矢さんの所属する学年は、男子と女子の比率が二対一というアンバランスな実態があった。男子生徒を中心に規律の乱れが目立っていたのだ。「きもい」「死ね」「殺す」などの排他的な言動をはじめ、肩や背中を叩いたり、飛び蹴りをしたり、取っ組み合ったりすることも多かった。このような行為を誰かが誰かに命令してやらせることもあった。とにかく日常的な行為として定着してしまっていたのだ。

そして「ちょっかい」をかけることを「いじる」と言っていた。「いじられやすい人」を「いじられキャラ」と呼び、共通言語として日常に息づかせていた。この言葉のすり替え現象を教員は知っていた。ある教員は、ぼくからの聞き取りの中で、「真矢さんはいじられキャラでした」と語っていた。その言葉の運用に違和感や疑問を抱いている様子はぼくにはまったく感じられなかった。これらの現状を学年の教員たちは生徒指導の問題であり課題として捉えてはいた。しかし、組織として継続性をもった指導は明らかに不十分だったのだ。結果的にこの学年の集団や人間関係の強弱の歪《ゆが》みは、放置されるような状況のまま進行していった。

中学二年時の「いじりのエスカレート」

一年時の感情の起伏の波は二年になると表面的には際立たなくなる。しかし、これは感情が内在化されて、心の奥に抑え込まれている状態だと言い換えられる。そして、それは大丈夫ではない「大丈夫」という言葉を生み出す原動力にもなるのである。

ものまね、一発芸、ネタ、プロレスごっこなど、真矢さんは、中学二年が始まって少し経った頃のゴールデンウィーク前後くらいから、周囲を笑わせて盛り上げるような行動が目立つようになる。本人も周囲もそれを楽しんでいるようだった。

「篠は、いじられキャラ」

認識や評価が定着し始めたのだ。

実際に笑いを取り、その場を盛り上げた。自分の存在感を示すことにもつながった。つまり、他の生徒に「いじられている」という理解が広がった。自分から始めることもあったが、ほとんどは他生徒からのリクエストに応えるようにして行った。

様子が変化したのは、一〇月の合唱コンクールの声が聞こえ始めた頃だ。リクエストする中の数人が真矢さんへの接し方、行動に過剰さを加えたからだ。「いじり」のエスカレートだ。周囲の生徒たちも異変に気づき始めた。その中の一人が定例教育相談のあった一一月に、担任に対して「いじり」の激化への懸念を伝えている。担任は学級の状況を確認しつつ、全体指導を行った。さらに、自分の「いじり」がやり過ぎだと自覚している生徒は、名乗り出るように促した。すると、遺書に記名された中の二人が名乗り出た。この二人への個別指導もあり、一時的に「いじりのエスカレート」は止まったように見えた。

しかし、すぐに同様の行為や状態が顕れたのだ。そして、その状態は改善されないまま、年末・年始を迎えることになったのである。そんな中でも、一人の生徒が一月に、担任に対してやはり「いじりの激化」を心配し、訴えている。

担任は、真矢さんを呼びとめた。

「大丈夫？」

「大丈夫です」

一人の生徒の先生への貴重な訴えは、これ以上詳しく確かめられることはなかった。

二〇一〇年二月、そして三月にかけて、遺書に記名された四名の生徒による真矢さんへの行為は続いた。何人かの生徒は、学校や塾などで「大丈夫？」と声をかけた。周囲の生徒たちは、「いじりのエスカレート」の認識について、「回数」や「執拗さ」「やらされている感じの強さ」などを理由に挙げた。最初は、真矢さんも含めて遊び感覚だった行為が、執拗さの強まりとともに身体を叩くことが多くなっていった。しかし、四人の生徒は一緒に遊んでいる感覚だった。なぜなら、真矢さんが行為の中で笑っていたし、真矢さんもやり返していたからだ。真矢さんが他の生徒とも、似たような行為をやり合っていたこともあり、周囲の多くの生徒たちは、「いじり／いじられのエスカレート」だという認識から脱却できずにいた。だから、真矢さんに対する「いじめ」としての捉え方は極めて稀少だったのである。真矢さん自身は、下校時に特に親しかった友達に、四人についての不満を愚痴ることが頻繁にあった。ただし、辛さや苦しみを、「助けてほしい」という言葉などによって直接的に伝えることはとても少なかった。

周囲の生徒たちは、定着していた「いじられキャラ」として真矢さんの行動や振る舞い方を面白がりながらも、真矢さんの反応が少しずつ以前とは異なってきたことを感じていた。笑ってはいるけれど、笑いの性質に違和感をもつようになった。「大丈夫?」「何か気持ちを隠していない?」「きつくない?」などの声かけは存在していた。しかし、真矢さんは大抵、「大丈夫」と応答した。真矢さんと親しい友達は、この「大丈夫ではない大丈夫」に、真矢さんのなかなか弱音を吐かない性質を重ねている。

二年時の学級には、真矢さんが遺書の中で「護れなかった」という生徒をはじめ、他にもいじめと言える行為を受けていた生徒が複数いたのだ。二月頃、それらの一人である生徒が、「僕にはクラス内での人権なんてないんだ」と真矢さんに語っていた。それに対して真矢さんは、「そんな自虐的なことを言うなよ。いつかちゃんと俺が注意しなきゃな。俺がもっとあいつらと仲良くしなきゃクラスがまとまらない」と話している。ある生徒が暴力的で威圧的な生徒への愚痴をこぼしていると、「〇〇(名前)もいいところがあるから」と諭すこともあった。

このような逸話は、二年時の一月から二月に目立つ。「護れなかった友達」のことを母・真紀さんに初めて相談した時期とも重なる。二月末頃、自宅で沈みがちだった真矢さんを案じて真紀さんが声をかけた。

「ぼくの友達がいじめに遭っている」

真矢さんは、友達の生徒の名前を真紀さんに告げた。小学校時代から地域の少年野球チームで一緒に練習し、小学校高学年から五年間も一緒のクラスだったその友達をとても信頼していた。周囲の友達にも、「あんなにいい奴はいない。あんなにいい奴がいじめられるのは許せない」と語っていた。真紀さんにも、「あんなにいい奴がいじめられるのはどうしても許せない」と泣きながら伝えた。

いじめている生徒の名前は伝えなかった。名前の代わりに「四人」だと話した。その中の二人は、その友達と同じ地域の野球チームに所属していて、真矢さんは活動のある週末を心配していた。

真紀さんは真矢さんの言葉と気持ちを受け容れつつ、一人ではなく、誰か一緒にやってくれる友達はいないのか尋ねた。二人の名前を真矢さんは挙げた。真紀さんは、泣いている真矢さんを励ましながら、困ったことがあれば自分に伝えてほしいと託《ことづ》けた。そうしながら、しばらくは様子を見て、見守ろうと考えた。泣いていた真矢さんは少しずつ心の落ち着きを取り戻した。

二人のやりとりがあったこの頃は、真矢さん自身がやられている行為に対して拒否的な態度をとっていることを認識している周囲の生徒も多い時期である。そして、「パンツ下ろし」の頻度が高かったのもこの時期だった。しかし、そのことを真矢さんは真紀さんに告げることはしなかったのだ。この二人のやりとりは、その後特に交されることはなく年度末に至った。真矢さんの大切な友達に対する四人からの行為を知っていた生徒は、クラスに複数いた。しかし、嫌がらせを受けていた生徒が嫌な顔はするもののはっきりとした拒否や拒絶の態度を示さなかったこともあり、教員たちに報告する生徒はいなかった。いじめられていた生徒は、「知っていても（同調圧力や威圧や報復が）怖くて言えなかったと思う」と語っている。

学級担任（＝学年主任）は、クラス内の人間関係上の「強弱」に気づいていた。しかし、「いじり」のエスカレート状態への理解が欠けていた。生徒たちの行為がやり過ぎていることに対してはそのたびに指導していたが、「いじられている」中心が篠原真矢さんであり、それが「護れなかった友達」である生徒やその他の生徒へのいじめから派生し、広がっているという状況を認識していなかった。だから、当事者以外の周辺生徒から聞き取りをすることもなかったし、真矢さんや四人と直接対話することもなかった。さらに、保護者との連携も不足していた。

「いじり」「いじられる」とは別に、教科書や靴隠しなどの行為が顕れていることを懸念した担任（＝学年主任）は、学年通信に生徒たちの現在の状況を発信した。それを受けて三月中旬の年度最後の保護者会では、関連する具体的な情報が保護者から提供された。しかし、「いじりのエスカレート」の危険性には結びつかず、明確な課題を構築しないまま、二学年が終わろうとしていた。「いじりのエスカレート」の危険性とは、「いじり」「いじられ」が面白いことだという営みから始まっていることだ。その延長線上に「エスカレートした行為」が連なっているのだ。したがって、それらは、「いじり」「いじられる」という言葉の中に集約されてしまうのである。つまり、言葉の中に「一括り」にされてしまい、被害にあっている生徒の心理的・人間関係性の病理という状態がぼやけてしまうという「危険性」があるのだ。

真矢さんは、「いじられキャラ」を演じることで、人間関係の「強弱」で「強」にある生徒たちに近づき、意見が言えるような関係をつくろうとした可能性も推察される。そのような関係性の構築によって、「護れなかった」という友達やその他の生徒たちにとっての「役に立つ自分」でいようとしたのではないか？

しかし、なかなか思うようにいかない。

二年、三年時に真矢さんと同じクラスだった生徒の一人が、「真矢さんの印象は嫌な人」と言っている。二年時に、真矢さんが他の生徒から命令されてやらされる感じで、自分の悪口を言ってきたことがあった。「いつか謝ってもらいたかった」と回想している。三年になって一緒のクラスになりたくなかった一人に真矢さんを挙げている。

遺書の言葉である「こんな俺が」「人に迷惑をかけて」の背景に重なるできごとである。同時にそれらは、「いじりのエスカレート」が生み出した自己矛盾の苦悩である。

さて、そもそも「エスカレートしたいじり」とは、一体どのような行為だったのか？　やっている当人たちは、「皆で結託してやっている」という意識が希薄である。しかし、周囲で見ている生徒からは、それらは一種のパワーや圧力の塊として捉えられている。

「四人はたむろしていた」

「周囲に他の数人がいることもあった」

「四人がかたまっている時の雰囲気は近寄りがたい空気があった」

「一人ひとりの自覚はないかもしれないけれど威圧感がある」

「四人のうちの誰かが二人でもいたら、怖くて注意できない」

「一人でも、つながっていると思うと後でやられる怖さがあった」

これらの生徒たちの声は、一種の同調性や権威を生み出す「力」が教室の中にあったことを示している。

「力」の一部である具体的な行為は——

背中を叩く。

頭を叩く。

肩にパンチする。

プロレスごっこの形で接触しながら、壁や床に身体を押しつける。

馬乗りになる。

頬を叩く。

身体を蹴る。

ズボン下ろし。

パンツ下ろし。

一つひとつを句点で区切って並べると無味乾燥だ。しかし、された人間の屈辱や傷《いた》みには、血が通った生き物の悲哀があることを忘れてはならない。

さらに、ある女子生徒の嫌がる言葉を命令して言わせる。遺書に記名されていた四人の生徒と一緒に真矢さんもやっていたが、対等な関係性での行為だとは言えなかった。人間関係の「強弱」の中で真矢さんは「弱」の立場や状態だった。

ズボン下ろしは、当時の学年で男子の間で一時的に流行していた。廊下や教室で行われた。女子同士もスカート捲《まく》りをやっていたという証言もある。真矢さん自身も他の生徒にズボン下ろしをやっていた。だから、真矢さんだけが一方的にやられていたのではなかった。しかし、パンツまで下ろされていたのは篠原真矢さんだけだったのである。背後から下げられた。床に倒れた時、上半身を動けなくされて、ズボンとパンツまで下げられた。何人かの生徒が見ている。数分間、露出された状態で尻を叩かれているのを目撃した生徒もいた。屈辱以外のなにものでもない状況だ。

「篠、集合」という号令がかかり、真矢さんが四人を中心にした生徒から呼び出される。二年の秋から三月までほぼ毎日のように休み時間に見られた日常風景になっていた。それは周囲の生徒にとって、一種の麻痺状態だとも言える。行為の最中、真矢さんは笑っていた。この「笑い」に対して生徒たちの評価が分かれる。「笑顔だった」、「苦笑いだった」「辛そうな笑い」、「心中はわからない笑顔」などがそうだ。「無理やりやらされている」「執拗にやらされている」という見方もあった。

真矢さんが「いじりのエスカレート」の中で、護ろうとした友達への「いじめ」（真矢さんはあえて「いじりのエスカレート」とここでは言っていない）とは、一体どのような行為であり、どのような心理的、人間関係的な状態を生み出しているのだろうか？

遺書に記名された複数の生徒は、一人ひとりで見ていくと、具体的な行為はその頻度において異なっている。そのことが、いじめている側の意識の差異・希薄さにもつながっている。きっかけは、地域の野球チームである。四人のうちの二人がここに所属していた。真矢さんが「護りたかった友達」へのチーム内での悪口がきっかけになった。それが学校生活にも延長され、「護りたかった友達」に対して外見や話し方などを中傷する言葉を浴びせた。さらに四人は、頭を叩いたり、身体を蹴ったりした。二年生の五月から三月まで、ほぼ毎日だった。特に一一月頃から激化したのだ。

「うざい」「きもい」、「オデ」（歯の矯正から滑舌が悪く、「オレ」が「オデ」に聞こえることを揶揄された）、「おやじ」、「おっさん」、「おじいちゃん」。「ガンショウ」（顔面障害）、「K先生の息子」（存在の蔑視）、「ハゲ」、「めがね」、「バカだぜぇ」、「きもい」、「〇〇（侮辱的な行動）やってんだぜぇ」など、人の存在を蔑《ないがし》ろにし、除《の》け者にするような単語が並ぶ。

さらに授業中に消しゴムのかすを投げられ、しぐさや喋り方の物真似もされた。消しゴムを使った嫌がらせは、心理的に、相手の存在を消し去るという意味の暗喩が無意識にあるとも言われることがある。

四人の中の一人からは、比較的被害にあっていなかったことも知られている。しかし、その一人はそばにいて笑っていたのだ。

篠原真矢さんは、このような行為に対して「そういうことをやめろよ」と止めようとしてしたことが六、七回あった。すると、四人は矛先を真矢さんに向けた。真矢さんは、いじめられていた友達に「大丈夫か？」と時々声をかけてもいた。ある生徒は、真矢さんがいじめを止めに入ると、いきなりビンタされたり肩をパンチされたりしているのを見ていた。

一見すると、行為は以前からのプロレスごっこと変わらないように見える。しかし、いじめを止めに入って、矛先を向けられるという行為の意味は、真矢さんとその他の生徒との力関係の歪《ゆが》みという状態を意味しているのだ。支配的な力の存在とその力によって圧迫されている被害者の存在だ。現象や行為にばかり目をとらわれていると、傷《いた》む人が置かれている心理的な状態や人間関係性の状況が見えづらくなる。このことは、あらゆる教室における教師の重要な知恵として肝に据えなければならない。真矢さんは「いじりのエスカレート」などという曖昧なことではなく、「いじめられている友達」を護ろうとして、自分も「いじめられていた」のである。

もうひとつ、見逃せない視点がある。

それは、遺書に記名された四人の生徒以外の「いじり」「いじられ」行為の実態への注目である。

二年生の初頭、篠原真矢さんに対して「いじり」という行為をしていたのは、遺書に記名された四名だけではなかった。周囲の多くの生徒が「いじられキャラ」として定着しようとしていた真矢さんに、頻繁に「受けること」をするように要求をした。秋口から、四人の行為がその頻度と内容において目立ってきたこともあり、「それ以外」の行為は相対的に軽く見えるようになったかもしれない。このことは、「じゃれあい」や「いじり」と「いじめ」などの言葉のすり替えを考えるうえでの大きなヒントにしなければならないことだ。相対的に軽いから許容されるといった話ではない。さらに、他のクラスの生徒で、真矢さんに対して「いじりのエスカレート」（ここでもあえてこの言い方をする）と言える行為をしていた事実があった。この生徒は遺書に記名された四名の生徒とほぼ同様の行為をしていた。それなのになぜこの生徒は、遺書に記名されなかったのか？

この生徒本人は、「いじり」をしていると思っていた。エスカレートしてしまっているという認識は多少もっているにしても、「いじめ」につながる行為であるという自覚はやはりなかった。この生徒は、真矢さんと小学校時代からの同級生で、真矢さんとのトラブルがあった過去もあった。しかし、二年時はクラスが違っていたため、行為の頻度に四人とは大きな差異があった。また、真矢さんが「護ろうとしていた生徒」へのいじめには参加していなかったという点が四人と異なっていた。そうとは言え、真矢さんがその生徒に対しても強い嫌悪感をもっていたのは確かだ。

二年時の三月にその生徒の上履きが紛失し、カッターで切られた状態の靴が校内で見つかった。真矢さんがやったという一部の噂があったが、誰がやったかわからないままだった。真矢さんが亡くなった後の今回の調査の中で、上履きを切った行為者は、真矢さんだとわかった。上履きの持ち主である生徒は、真矢さん以外の生徒にも嫌がらせをしていた。真矢さんはそのことを許せないと抗議していたこともわかったのだ。

中学三年時の変化と自死

三年時のクラス替えがあり、遺書に記名された四名のうち、二名が真矢さんと一緒になった。これは、学級・学年経営において、生徒たちが置かれている関係性の「強弱」や集団の構造の理解が脆弱であったことが垣間見える事実である。真矢さんは、彼が護りたかった友達とも五年連続で同じクラスになった。

真矢さんは、二年時の四人や三年時で同じクラスになった二人から、二年時のような嫌がらせをされることは減った。真矢さんが気にかける友達も時々、二人のうちの一人から、不適切な言動を言われることはあったが、頻度も減った。しかし、真矢さんが友達に投げかけられた言葉を耳にした際にとても不愉快な表情で独り言を言っていたのを見ている周囲の生徒がいた。下校時に四人の内の誰かから声をかけられると無視することが多かった。廊下から四人の誰かから呼ばれると、「面倒くせぇなあ」と呟《つぶや》きながら応じた。その後に教室の自席に戻ってくると、先程までとは表情が変わって険しくなっていることがあった。

母・真紀さんも気にかけていたので、「真矢が、友達（名前）がいじめられていることを心配しているので、気をつけて見てほしいです」と担任に伝えた。担任は、「注意して見ておきます」と応え、すぐに「嫌なことをされていて、心配なことはない？」と当該生徒に訊いた。

「特にありません」

ここでも、これ以上、昨年度から続いている人間関係的、集団心理的な病理へのメスは入れられることはなかった。

三年時には四人から日常的にされた行為はほとんど影を潜めていた。その一方で、真矢さんは、新しいクラスの友達と頻繁に「いじり」「いじられ」を行った。この行為には、相互性が顕著に見られた。

二年時の行為とどこが違うのだろう？

その行為を見てみよう。

教室内で誰かが誰かを叩いて逃げる。それを追いかけっこする。誰かが誰かの持ち物を取って逃げる。それを追いかけっこする。そして、つかみ合いになり、持ち物の争奪戦でじゃれ合う。そのもみ合いの中で、ズボンやパンツを下ろそうとした。また、シャツを脱がすこともあった。背中を叩き合うこともあった。さらに他学級の生徒も関わり、真矢さんの手首と足首をもって振り回した挙句に投げた。真矢さんを他クラスの中に無理やり入れて、そのクラスの生徒と戦わせた。その流れで追いかけっこが起こった。黒板消しで頭を叩かれ、時には倒れて頭部を机に強打した。「真矢さんは嫌がっている感じだった」と当時を回想する生徒もいた。

真矢さんと仲の良かった生徒は、これらの行為についてこう言った。

「仲間だし、気心が知り合えているから、限度がわかって楽しんでやっている」

一方でこれらの行為を見ていた生徒の中には、「いじめのように見えた」と感じていた生徒もいた。

「三年になって（真矢さんが）自分からちょっかいを出すことが増えた。周囲にいる友達も増えた。二年の時は真矢さんをからかう人が多かった」

と、二年時との違いを語る生徒もいた。また、「行為の度合い」の違いを指摘する生徒もいた。四人との行為は、「命令をされて上から目線で強制的にやらされ、やっていた」という声もあった。三年時のいじり合いは、「常に笑顔だった」と語る生徒もいた。

これらから考えられるのは何だろう？

遺書に記名されていた四人との行為と三年時の友達との行為は、行為そのもので見れば大きな差異は感じられない。

では、何が異なるのだろう。

それは、簡単に言えば、真矢さんの置かれた他生徒との関係性の状態である。行為はやり過ぎている。しかし、人間関係性に過度の「強弱」を相互に感じていない状態である。

しかし、この両者の差異の何という紙一重の危うさだろうか。中学三年生として見る限り、とても幼稚な行為でもある。「いじり、いじられる」という関係性の営みが三年時になっても根強く横溢《おういつ》している学年生徒の状態。このことを大きな問題として捉える必要性が、教員集団及び生徒自身の意識の中には欠けていたのも事実である。行為を行う側が集団化した場合にはより同調性のパワーが強まり、人間関係性の「強弱」のバランスが壊れるということへの意識を重視しなければならなかった。

じゃれあい、ちょっかい、からかい、いじり、いじられ、いじりのエスカレート……。

似たような曖昧な言葉たち。

この言葉のすり替えは、時として関係性の「強弱」の「強」にとって都合の良い場合が多い。

これらを包み込むのは、「いじめの種」という言葉だとぼくは考えている。

だから、注意深く、おかしなことや違和感に引っかかるアンテナを立てるのだ。大袈裟なくらいでいい。

「いじめの種」の他には、「いじめ」だけがある。

そしてその「いじめ」も、その平仮名表記のやわらかさや発音上の響きゆえに、とても軽く扱われる危険性をもっている。その際に傷《いた》み続けるのは、いじめられている本人ばかりなのだ。

そのような状態の中で真矢さんの中学三年生としての生活は進んでゆく。

三年時に遺書に記名された生徒の二人と三年でも同じクラスになったことは先に述べた。その二人のうちの特に一人の生徒と真矢さんの関係性は、相互に険悪だった。真矢さんはその一人の生徒のことを、様々な人たちに対して通りがかりに暴力的な言動を行う、許せない存在だと怒っていた。そう思われていた生徒も、真矢さんの自分への反抗的な態度や性格を嫌っていた。三年生では直接的な関わりはとても少なくなったが、お互いに口論している場面は複数の生徒が見ていた。その生徒が体育祭で応援団長になった。もうひとりの生徒も副団長になった。学年当初の目標に、「体育祭でやる気全開」を掲げていた真矢さんは、この二人の正副団長就任に否定的であったが、熱心に練習に参加しようと切り替えている。

しかし、練習期間中の五月八日か九日、友達と下校中の真矢さんは突然「忘れ物をとってくるよ」と言って、教室に戻って行った。

忘れ物は嘘だった。

応援団長になった生徒の教科書など四冊をカッターで切り裂いたのだ。

体育祭明けの一八日に切られた本人が気づき、授業中の教科担当教諭に伝えた。翌一九日にクラスで無記名記述調査が実施された。そこには、真矢さんが行ったのではないかということを複数の生徒が書いていた。推察の根拠は、真矢さん自身が数人の友達に話していたことや真矢さんと相手生徒との関係性が良好でないことを知っていた生徒が懸念していたことによる。

五月二一日、学級担任は、真矢さんを呼んで聞き取りをした。真矢さんは行為を否定した。しかし、そこで相手生徒のことを訊かれた真矢さんはこのように回答している。

「一年の頃からちょっかいを出されていた。いろいろ言われてむかついていた。うざいとかあっち行けなど、自分にも他の人にもやっていてむかついた」

この時に担任は「ちょっかい」という言葉に引っかかっている。そこで、こう訊いた。

「ちょっかいって暴力?」

しかし真矢さんは、その詳細を伝えず、こう言っている。

「いや、そうじゃなくて、通りすがりにちょっかいをされる」

さらに、担任は、

「いまはどうなの?」

と訊いた。

「いまはそんなにない。たまに言葉はある」

と応答した。相変わらず、教科書を切り裂いた行為は否定していた。そして帰宅後の夕方、真矢さんは、担任に電話を入れ、こう呟《つぶや》いた。

「よく考えて想い出してみると自分がやりました。親には言わないでください」

このやり取りの中で、担任は真矢さんに、土日の間に自分で保護者にまず伝えるように促した。しかし、真矢さんは伝えられなかった。週明けの二四日に担任がその行為の背景にある心情を問答した。真矢さんは、担任に言葉を漏らした。

「今までに、いろいろと言われたりやられたりしたことが許せなかった。自分だけではなく他の人にもやっているので、ついやってしまった」

生徒たちの間で、真矢さんがカッターを持ち歩いているという噂があったので、担任はそのことを訊ねると、「いまは、カッターはもっていません。切ったのは鋏《はさみ》です」と話した。

実際は、カッターで切り裂いたとぼくたちの調査では判断した。二年時の別の生徒の上履きがカッターで切られていたことと関係づけられるのを真矢さんが避けたかったのかもしれない。

五月二六日、真矢さんは、相手の生徒に担任の仲介のもと、謝罪した。逆に真矢さんが相手からされてきた行為の数々について謝罪を求めるかを担任は確認した。しかし、真矢さんは担任に指導を委ね、謝罪を求めなかった。担任は相手生徒に、真矢さんの行為の理由や背景を伝え、教科書のこととは別に、反省をするように促した。担任は事実関係と指導内容を両生徒の保護者に伝えた。真紀さんには、真矢さんの心情や過去の嫌な経験の積み重ねがあったことを話し、教科書の弁償についても伝えた。相手生徒の保護者にも同様の内容を伝達した。

切り裂かれた教科書をリアルに自分の目で確認したのは、担任、学年担当教諭（同じ学年を担当する教諭のこと）、教頭、校長だった。真紀さんと宏明さんや他の教職員は共有していない。担任の指導過程の報告を管理職は受けてはいた。しかし、切り裂かれた教科書から感じられる感情の昂りや背景に潜む何かについて、思いを馳せようとする感受性の感度が明らかに足りなかったのではないか？　担任との問答の中で真矢さんが断片的に漏らした過去の出来事や思いをさらに引き出すこと。他教員と連携し、それらを再確認する提案が組織的に行われることはなかったのだ。

真矢さんが切り裂いた教科書の持ち主の生徒は、二年時において、真矢さん自身と真矢さんが護ろうとした生徒に対する嫌がらせという点では、遺書に記名された四名の中で直接手を出す頻度が最も低かったと言われている。それなのに、なぜ四人の中で特に当該生徒への嫌悪感を真矢さんがもったのだろうか？　当該生徒は、他の生徒よりも際立って多くの生徒に対して暴力的な行為や関わり方をしていたことだ。真矢さんは、その部分への不満や抗議の気持ちを抱えていたのだと推察される。

真矢さんの親しい友達で下校を共にしていた生徒は、真矢さんの愚痴に日常的に耳を傾けてくれていた。その愚痴の中で最も頻繁に登場したのがその当該生徒の名前だった。聞き取りの中で当該生徒に嫌がらせをされて苦しんでいた生徒の相談役に真矢さんがなっていることもあった。その生徒はこう言っている。

「○○（当該生徒の名前）は、何でもありだった。やっているのは自分だけに対してではない。クラスの中でぼくは人権がないから」

それに対して真矢さんは、「自虐的なことを言わないでくれ。いつか俺が注意しないと」と言っていた。

三年でクラス替えがあって環境は変わった。しかし、四人のうちの二人が在籍し、自分や自分が護りたかった友達への嫌がらせが全く解消したわけではなかった。そういう未消化な学校生活のまま、人を傷つけてきた人間が体育祭で応援団の正副の団長を独占したのだ。真矢さんの抗議の気持ちは満たされことはなかったのだろう。教科書を切り裂く行為は、それらへのひとつの抵抗の表現だった。しかし、このような方法は、本来の理想的な真矢さんの思いとは合致していなかったのだと思う。誰も見ていないところでカッターを使って切り裂くという方法。それが現実であるという自覚と理想の自分とのギャップはとても大きく、強く、真矢さんの自尊感情を揺さぶったことだろう。遺書の様々な言葉がここに重なる。

真矢さんは、教科書を切り裂いた後に応援団長として努力している生徒を認める言動を残したり、励ましの手紙を送ったりしている。これは、切り裂いた人が自分ではないという印象をつくりだすための行動だとも言えよう。一方で、現実と理想の狭間で動揺の振幅を振り子のように示す真矢さんの自己矛盾が垣間見える。

体育祭直後にチーム全員で撮影した写真の真矢さんはカメラに背を向けて映っている。自分の目の前で、二年時から自分や友達や多くの生徒を苦しめてきた人が、団長になって称賛を浴びている。男女問わずハグをしている。ハグしている生徒の中に、真矢さんが気にかけていた女子生徒がいたとしたら……。

その日に真矢さんは複数の友達にメールを送った。

「俺は真っ白な灰になった。俺が死んでも悲しまないでくれ」

体育祭後、真矢さんが教科書のことを認めた頃、学年内では、真矢さんのとった行動は理解できるという生徒の反面、応援団長として応援賞に尽力した人への行為として許せないという生徒もいた。賛否両論だったが、この時点では真矢さんを非難する声が大きくなっていた。

しかし、そんな中、次の修学旅行という大きな行事が立て続けにやってきた。いつの間にか、慌ただしさの中に人の感情の機微は、またしても吸い込まれて見えづらくなっていったのである。

母・真紀さんは、五月二四日に教科書を切り裂いたことを家で真矢さんと共有した。その際に、真矢さんが二年時末に真紀さんに相談した友達へのいじめの件に、教科書の持ち主である生徒がいたのかを問うている。この時に初めて真矢さんは四人の名前と特に許せないという一人の生徒の名前を挙げたのだ。真紀さんは、真矢さんの悔しい気持ちなどを受け容れつつ、抗議のために行った行為の方法としての間違いを諭した。二六日の相手生徒への謝罪や行為に至った自分の苦しい過去を伝えることの大切さを助言した。しかし、二六日については、まったく納得せずに帰宅した真矢さんは、「大人は偽善者だ」と真紀さんにも訴えた。真紀さんにも仲のいい友達にも「謝ったのは形だけ。反省はしていない」と伝えている。

それから数日後、六月の声が届くか届かないかのある日、真矢さんは一人の友達にこんなメールを送っていた。

「みんなが求めている俺と現実の俺が違うので、どうしていいかわからない。悩んでいる」

三年生は、六月四日から六日まで修学旅行で関西に出かけた。

出発前、真矢さんは、「短い期間だけれど楽しもう」というメールを友達に送信していた。そして、「特に部屋での時間が楽しみ」と伝えていた。部屋の中では日の丸のはちまきを頭に巻いてかなりハイテンションで同部屋の友達と過ごした。

真矢さんは、修学旅行中日である五日の班行動で友達に、自分の大切な友達がずっといじめられていることと、それを止められなかった自分自身のことを話している。それどころか、自分もいじめられる羽目になったことも。

修学旅行の代休日である六月七日午後、宅配業者のドライバーは時間指定のミスをしなかった。

農薬が届いたのだ。

計画通りだ。

死の直前、一四人の友達にメールが届いた。四月一日、五月一五日にも冗談なのか本気なのか相手に迷わせるメールを送っていた真矢さん。友達は、死を暗示するようなメールの内容に驚きながら、「今回もまたか」と多くが思った。思ってしまった。

だって、彼は、「いじられキャラの篠原真矢」だから。

でも、それだけの篠原真矢ではなかった。最期まで自分の人生をもがき、あがき続けた篠原真矢だった。

自宅一階のトイレで彼は、自らの生涯を終えた。

調査報告書で認定した「いじめ」

報告書には、「いじめ」の定義が記されている。これは、文部科学省『児童生徒の問題行動等生徒指導上の諸問題に関する調査』二〇〇六年版からの引用である。

「いじめ」とは、

〈当該児童生徒が、一定の人間関係にある者から、心理的・物理的な攻撃を受けたことにより、精神的な苦痛を感じているもの〉

である。さらに、

〈個々の行為がいじめに当たるか否かの判断は、表面的・形式的に行うことなく、いじめられた児童生徒の立場に立って行うものとする〉

となっている。

同書一九九四年版から、人間関係の「強弱」や「一方的」という表記がなくなっている。また、行為の「継続性」も問うてない。

この調査報告書を出した後、「いじめ防止対策推進法」の制定と関わり、二〇一三年に「いじめ」の定義が改まった。

「いじめ」とは、

〈児童生徒に対して、当該児童生徒が在籍する学校に在籍している等当該児童生徒と一定の人的関係のある他の児童生徒が行う心理的又は物理的な影響を与える行為（インターネットを通じて行われるものも含む。）であって、当該行為の対象となった児童生徒が心身の苦痛を感じているもの〉

とする。

さらに、

〈なお、起こった場所は学校の内外を問わない。「いじめ」の中には、犯罪行為として取り扱われるべきと認められ、早期に警察に相談することが重要なものや、児童生徒の生命、身体又は財産に重大な被害が生じるような、直ちに警察に通報することが必要なものが含まれる。これらについては、教育的な配慮や被害者の意向への配慮のうえで、早期に警察に相談・通報の上、警察と連携した対応を取ることが必要である〉と補足されている。

篠原真矢さんの自死に関する調査報告書では、二〇〇六年版の基準に基づきつつ、一九九四年版から文言としては問わなくなったことを重要なことではないと捉えず、その観点からも行為と状態をアセスメント（評価）した。

以下は、報告書からの全文引用である。

＊　　＊

①力関係と「一方的かどうか」ということについて

篠原真矢さんは、自分の行為に対し、四人にやり返すこともできるような関係であったことから、「一方的に」やられるのではなく同等の位置にあったと考えることも可能かもしれない。しかし、真矢さんが四人から命令的に行動させられている立場にあるのに反して、四人に対して真矢さんは命令を発することができていないこと、また、パンツ下ろしに関しては一方的に真矢さんがやられるのみで、真矢さんが四人に対してやったという事実がないこと、さらに、本調査が、四人の行為を総体として捉えて考察していることから、四人と篠原真矢さんとの関係は、四人が篠原真矢さんよりも力関係で上位であったと判断する。

②受けた攻撃の状況や継続的かどうかということについて

篠原真矢さんが受けた物理的な行為に対し、真矢さんが同様の行為をやり返していることも多く、「攻撃」と判断するには躊躇したとしても、心理的な面からは、前述のように、強いられた行為によって自己の在り方を揺さぶられていること、また、思春期の男子が、女子生徒もいる場所でパンツを下ろされることで、恥ずかしさや、他の力に屈しているという屈辱感が生じているであろうことから、結果として心理的攻撃を受けていたと判断する。

また、継続性という点にも触れると判断する。

③篠原真矢さんが感じていた苦痛について

篠原真矢さんが「護れなかったという生徒」が「いじめ」と感じている四人の行為を止めようとしている真矢さんが、複数回同様の行為を受けていることは、篠原真矢さんもいじめられている当該生徒同様の苦痛を感じているととることができる。

また、いじめられている当該生徒に対する行為から真矢さんの内部に生じた心情、また真矢さん自身に対する行為から生じた真矢さん内部の自己否定感は、今まで述べたように真矢さんの内面に悩み・葛藤が生じていくひとつの要因となっており、その行為に真矢さんの内面での被害性を認めることができ、精神的苦痛を伴っていたと判断する。

以上のことから四人を含め、篠原真矢さん周辺の一部生徒による真矢さんに対する心理的圧迫につながったであろう行為は、本人たちが「いじり」あるいは「お互いの遊び」と思っていたとしても、①力の優位性②攻撃性・反復性③真矢さんへの内面への攻撃性の三点から考えて、文部科学省の定義と照らし合わせて、「いじめ」として認定すると判断した。

また、本調査委員会は、いじめを行為としてではなく、状態として捉える考え方に立って、本事案の重要な背景である学年・学校全体とその周囲の状況について考察した。

本校全体の状態としては、

①「いじり」「いじられキャラ」という言葉によって、特定の生徒に対する他の者にはやらない行為を行うことを集団として容認していた状態
②その「いじり」行為を周囲ではやしたてたり笑って見ていたりしていた状態
③その状態を傍観的に見たり、あるいは見ようとしていなかった状態
④その状態や行為に問題点を感じながらも、その解決に向けての行動を起こさなかっ

た、あるいは起こせなかった状態

⑤その状態や行為に気づかなかった教員をはじめ大人集団の状態

学校内がそのような状態であったと捉え、その状態をいじめとして認定すると判断する。

＊　＊

Ⅲ　死亡報告書から生き方報告書へ②

本項では、「死亡報告書から生き方報告書へ①」よりもさらに篠原真矢さんの内面の葛藤について絞って推察したい。

遺書や遺言についての読み取りは、先述した。本項では、自室の机の引き出しなどから出てきたメモや聴いていた音楽、読んでいた本などの考察を中心に、真矢さんの自死に関わる内的状況について追ってゆくことにする。

アニメの主人公や歌詞に投影する自己

三年時では、二年時とは違い、アニメーションの話題が合う友達との会話が楽しそうだったという証言に出合った。

真矢さんが好んで読んでいたのは『鋼の錬金術師』や『BLEACH』、『北斗の拳』などである。これらを読んでいるとある種の共通点に気づく。物語の主人公が愛する仲間や家族、恋人との死別を通して、それらを生きる糧や生きるための学び、自己の成長につなげてゆくということだ。しかも際立って個性的な登場人物たちが死に際に印象的な言葉を遺してゆく点でも共通点がある。真矢さんがこれらの主人公や登場人物の立ち振る舞いや言葉から影響を受けていたのは間違いなさそうだ。特に傾倒していたのは、『鋼の錬金術師』であった。

この物語は、主人公の兄弟が幼い時に死別した母親を錬金術の禁じ手によって蘇生しようとするところが発端だ。その代償は大きく、弟の命と自分の足を失うことになる。さらに目的である母親の蘇生も叶《かな》えられなかった。弟の魂は、自分の腕を代償に取り戻し、鎧に装着させることができた。二人は目的の実現のために当てのない旅に出る。そんな筋書きである。

この物語の冒頭にこんな言葉がある。

「人は何かの犠牲なしには何も得ることなどできない」

さらに、続巻には、

「人間なんだよ／たった一人の女の子さえ助けてやれない／ちっぽけな人間だ」

これは主人公の言葉である。

真矢さんと塾が一緒だった生徒は、二年時に真矢さんがこう言っているのを覚えている。

「俺が（遺書で記名された生徒たちと）仲良くしないとクラスがまとまらないよ」

その言葉を実現するために、四人の生徒たちとわざと一緒にふざけていた真矢さんのことを回想していたその生徒は、言葉を詰まらせた。

『鋼の錬金術師』の「傷《いた》み」や「犠牲」という言葉や思想と、真矢さんの言動は、明らかに重なりを示している。

アニメについて友達と談笑しながら楽しんでいた真矢さんは、主人公の言葉に自分を重ねたり、自分の姿に主人公の生き方を重ねたりしていることは周囲に吐露していない。

さらに、机の引き出しから出てきた書き写しのメモに書かれた、アニメソングの歌詞のことを知っていた友達は、ほとんどいなかったのだ。これから引用する歌詞の一節の一部には、複数の事例を貫く共通点がやはりあった。それは、自分の使命感への強い思いと、それが叶《かな》わないことへの失望感や不安が歌われていることであろう。真矢さんが音楽の曲調よりも歌詞やその意味に惹かれる傾向があることを話す生徒がいた。

二年時の文化祭に出展された俳句には、後述するアニメ「ブラック・ジャック」の主題歌「月光花」（作詞・yasu）とのつながりを思わせる内容であったことを、すでに他校に異動していた当時の国語科の教員や生徒も記憶していた。その句には、「月光花」という珍しい単語があったことと、「闇に咲く花」という言葉があったことも記憶していた生徒がいたのだ。それはやはり後述するアニメ「The Soul Taker～魂狩～」の主題歌「SOULTAKER」（作詞・影山ヒロノブ）の歌詞である「世界を導く一筋の光」にも重なるように思える。「闇に咲く花である月光花」は、動揺し、あがくように生きる迷い人にとって、希望や理想へと導く一筋の光として真矢さんの心を照らす働きをしていたのかもしれない。

真矢さんがメモ用紙に書き写し、自室の机の引き出しに残していた歌詞には、例えば次のような一節が見られた。

まず、「鋼の錬金術師」オープニングテーマ「リライト」（作詞作曲・後藤正文）から、

「軋んだ想いを吐き出したいのは存在の証明が他にないから」

「歪んだ残像を消し去りたいのは自分の限界をそこにみるから」

を引用している。

先述した「月光花」からは――

「逢いたくて　愛おしくて　触れたくて　苦しくて　届かない　伝わらない　叶わない

遠すぎて　今はもう　君はいないよ」

また、アニメ「鋼の錬金術師 FULLMETAL ALCHEMIST」のエンディングテーマ「嘘」

（作詞・マオ）には、

「最後の嘘は　優しい嘘でした」

とあった。

「SOULTAKER」では、

「傷ついた日々の向こうに何が待つのか」

「未来に伝える熱いこの想い」

「世界を導く一筋の光」

と連なる。


アニメ「ブレンパワード」の主題歌「IN　MY　DREAM」(作詞・真行寺恵里)からは、

「期待とは裏腹に後退する気分」

を引用していた。


劇場版アニメ「BLEACH Fade to Black 君の名を呼ぶ」の主題歌「今宵、月が見えずとも」

(作詞・新藤晴一)では、

「何もできない自分隠して　本当を失くした」

「見えないものを見ようとすれば　瞼閉じる　それだけでいい」

「君がここにいないとしても」

を書き写していた。


アニメ「鋼の錬金術師」の主題歌「メリッサ」（作詞・新藤晴一）のメモには、

「悲しみの息の根を止めてくれよ」

「救いのない魂は流されて消えてゆく　消えてゆく瞬間にわずか光る」

とあった。


「メリッサ」は、真矢さんの遺書そのもののように感じながら読んで、発見した当時は、涙が止まらなかったことを覚えている。

これらの歌詞には明らかな共通点を読み解くことができる。真矢さん自身の使命感の一方で、なかなか思い通りにゆかないジレンマと自己嫌悪が増幅してゆく現実。その遣る瀬無い感情をこれらの歌や詞たちが代弁するように、助けてくれていたのだと思える。

「月光花」は闇に咲き、闇を照らす花。

理想と現実の狭間にできた暗闇に戸惑いながら、一筋の光を探している篠原真矢さんの比喩的な想像力の高さが垣間見える。

真矢さんのこのような感情面を詳しく共有していた友達はほとんどいない。自分が救えなかった友達への遺言の言葉は、実は、自分が自分自身に向けた言葉だったのだとぼくは想像する。彼はとても深い部分で孤独だった。それは独自性、個性とも言い換えることができる人間の美点になり得る要素だ。でも、真矢さんのこの頃の「孤独」は、やや「孤立」に近い「こどく」であり、誰かの理解や救済、支援を必要とする状態だったのは間違いないだろう。彼の友人たちが自責の念に駆られたり、無力感に苛《さいな》まれたりする中に、どうして自分を必要としてくれなかったのだろう？　という後悔にも似た問いが続いていることが挙げられる。それは、果てることのない循環を生み出し、答えのない質問を繰り返すだろう。

そして、このぼく自身も、深刻な苦悩に晒《さら》されている。なぜなら、ぼくは、篠原真矢さんが亡くなってから初めて会ったからである。ぼくは、生者としての真矢さんとは一度も会えず、死者としての真矢さんと初対面なのである。だからこそ、なおさら、真矢さんの「生きかた報告書」をつくりたいと切に念じるようになった。

亡くなる直前のメール──シドの「レイン」

真矢さんが亡くなった二〇一〇年六月七日に、彼が多数の友人たちに送信したメールがある。その中にこんな一節があった。

「今の俺の感情は、シドの『レイン』と同じかな」

そのアニメ「鋼の錬金術師」の主題歌「レイン」（作詞・マオ）の歌詞を引用してみよう。

六月の嘘
目の前の本当
セピアにしまいこみ
寄り添うとか
温もりとか
わからなくなってた

「君はひとりで平気だから…ね」と
押しつけて　さよなら
その類の気休めなら
聞き飽きた筈《はず》なのに

鳴り止まない
容赦ない思い出たちは
許してくれそうにもない
目を閉じれば
勢いは増すばかりで
遠巻きで　君が笑う

雨はいつか止むのでしょうか
ずいぶん長い間
冷たい雨は

どうして僕を選ぶの
逃げ場のない
僕を選ぶの

やっと見つけた
新しい朝は
月日が邪魔をする
向かう先は「次」じゃなくて
「過」ばかり追いかけた

慰めから　きっかけをくれた君と
恨めしく　怖がりな僕
そろそろかな
手探り
疲れた頬を

葛藤がこぼれ落ちる
過去を知りたがらない瞳
洗い流してくれる指
優しい歩幅で癒す傷跡
届きそうで届かない距離
雨はいつか止むのでしょうか
ずいぶん長い間
冷たい雨は
どうして僕を選ぶの
包まれていいかな
雨は止むことを知らずに
今日も降り続くけれど
そっと差し出した傘の中で
温もりに
寄り添いながら

篠原真矢さんは、このように歌詞や詩などに、自分の感情の振り子のような揺れ動きを投影することが多かったのである。真矢さんがいじめという名の差別や排除がもたらす平凡な日常の破壊について抗っていたことは確かだが、なかなか思うように行動が伴わず、その葛藤の疲労感をこのような詩への自己投影によって昇華していたと考えられる。若者による精一杯のセルフケアだと感心する。それと同時に、感情の飽和状態に至ろうとしていた真矢さんの内的状況の危うさを思う。

最後まで読まれなかった「クリスマスの物語」

聞き取り調査の中で、真矢さんがつくったというある物語の存在に気づくことになった。物語は、二年時の国語の授業で皆の前で発表された。この物語が見つかるまでに少し時間がかかった。ぼくが、真矢さんの部屋に入ることを許されてから、ぼくの生徒への問いかけ方に変化が起きていた。より具体的に真矢さんの詩や歌詞や人の言葉への傾倒について、訊くようになったからだ。

すると、二年時の同じクラスだったひとりの生徒が、真矢さんからもらったという物語のメモ用紙を保存しておいてくれていたのだ。再度面談を願い出てくれて、改めてもってきてくれたのである。

では、その物語を記そう。

＊　　＊

クリスマスの物語

ある所に、二人の兄弟がいました。兄は一六歳、弟は一〇歳の幼い兄弟です。

両親には、先立たれ、兄は弟を養うために、町外れの小さな鉄工所で毎日こつこつと働いていました。

弟は、そんな兄を見て、「兄にだけは迷惑をかけたくない」という気持ちを抱いていました。時期は冬、クリスマスの日が近づいていました。町は賑わい、子どもたちはおもちゃ屋に目が釘づけです。

弟も一瞬おもちゃに目を向けましたが、すぐに目をそらします。

「兄だけにはこのことを知られてはいけない」

そう感じたからです。

しかし、兄はその姿をみました。弟が毎年この時期になると、おもちゃ屋に目を向けるのを兄は知っていました。弟は、三歳の時に両親に先立たれたため、子守唄というものを知りませんでした。だから、オルゴールを欲しがっていました。

兄は、

「今年こそは……」

と密かに思ったのです。

でも、現実はお金がなく、食べていくのがやっとでした。兄は考え、ある手段を思いついたのです。

後日、兄は弟に、

「今年はお前がよく我慢して良い子にしていたからサンタさんが来るんだよ」

と言いました。

弟は首を傾げましたが、兄は続け、

「信じて待っていれば必ず来るから」

と言い残し、いつも通り仕事に行きました。

そして、クリスマスの日はやってきました。夜に仕事は終わり、帰りにおもちゃ屋に寄り、オルゴールを買って家に向かいました。

翌朝、弟は何かの音で目覚めました。目を向けてみると、まず、オルゴールが目に入りました。次に目に入ったのは横になっている兄の姿。

「ああ、帰ってきたんだ」

そう思いながら兄に触ってみました。

「冷たい」

弟はつぶやくと、そのことを悟りました。兄は死んでいたのです。兄があの時とった手段……それは、自分の命を削ってまでお金を貯めてオルゴールを買うというものでした。

弟は、

「そうだ、寝ているんだから子守唄を歌ってあげよう」

そう言って、オルゴールに詩を乗せながら兄を見送りました。流した涙は海になり、やがて真っ白な鳥に変わりました。

普段、家族と過ごしている時や友人と一緒にいる時にこの話を思い出してみてください。当たり前の日常がどんなに心温まることか、それを感じてください。

これは、あるクリスマスソングの由来とされている話です。普通は恋人向けと思われますが、このように考えた人もいたのです。

この歌の冒頭部分の「雨は夜更け過ぎに雪へとかわるだろう」。

あなたはどう思うでしょうか？

それはあなた次第です。

＊　　＊

ふと、O・ヘンリーの短編小説を思わせる。

あるいは、「鋼の錬金術師」にも似ている。

物語の兄は、真矢さん自身の投影だろうか。

弟は、大切な友達。

最後の一行「それはあなた次第です」も、この物語の解釈は、あなたに委ねますよ、と言われているように感じる。先述したが、真矢さんはこのような暗喩的な表現で、自らが置かれている状態や心情の葛藤を吐露していた。

ところが、残念なことにこの物語の発表は終始、嘲笑の時間だった。生徒たちの証言の中に、プロレスごっこの最中に真矢さんも笑っていたという話がある。笑っていることはたのしく充実していることと等しくないことがある。特に、精神的にしんどい時や迎合・同調の意思表示として反射的にこの「笑顔」が表出されることがあるからだ。学校の教師はこのことを特に理解する必要がある。自分が生徒を説教している最中に、生徒が笑って、にやついていることに腹を立てるのも感情的には理解できる。でも、少し視点を変えてみたい。自分の威圧が強すぎて笑うしかないくらい追い詰めていたとしたらどうするか？可能性は十分にあると思う。

自分への戒めとしても。

真矢さんの「クリスマスの物語」の内容は、どう読んでもお笑いのためにつくった物語ではない。問題はそこにある。笑うような内容ではないことが、笑われるということ。そこに、同調圧力や全体主義、過剰な迎合主義などに通じる、集団心理の病理が垣間見えるからだ。

人が複数集まると、力関係の「強弱」が生じる。でも、異なりを理解し、受け容れ合うような方向性をその母体がもつことで、人間関係の強弱の幅を過剰にすることを止めてくれる。

真矢さんが、自作の物語を読んだ時の教室は、「教室社会」ではなく、「教室世間」だった。

真矢さんは、「いじられキャラの篠」としてのイメージができていた。自身もそれに応えるような行動や言動もしていたことだろう。ある生徒は、「言い方や表情などがどこまで本気でどこからがふざけているのかがわかりづらいところがあった」と語っている。真矢さん自身が「こんな俺」と自己否定する要素のひとつに、「いじられキャラ」としての振る舞いが、結果として内側に秘めた真意を自ら曖昧にしてしまっていたという部分があったのではないかと思う。

「篠のことはいじっていい」という暗黙の了解もあったかもしれない。でも所詮、「いじる」という言葉は、それを使っても傷《いた》まない人の都合のいい「すり替え言葉」に過ぎない。「いじめ」や「差別」からのすり替え。

「また、篠がおもしろいことをやってくれてるよ」

この時、真矢さんの顔は笑っていたかもしれない。でも、心の中はそうではなかったと思う。なぜなら、「クリスマスの物語」は、真矢さん自身の投影であり、彼の生が映し出されたものだったから。決めつけの色眼鏡によって、内容や心情の比喩的な投影が読解されない社会は、もはや堕落した世間である。そこには先生もいたはずだ。「笑い」は、明日をつくるエナジーにもなれば、人の自尊感情を失墜させる暴力にもなる。

結局最後まで読まれることがなかった「クリスマスの物語」は、ほとんどの人の記憶に留まる機会すらもてなかった。自分の席へ戻る時に、「これあげるよ」と言われて物語のメモ書きを渡されたひとりの生徒を除いては。

ぼくは、いつもこの場面を想像する時、この現場に自分を置いてみる。

ぼくがこの教室にいる教師だったら、同級生だったら、本人だったら……と。もし、教師としてそこに居合わせたら、席に戻りかけた真矢さんの手から物語のメモ書きを引き寄せて、代わりにもう一度、再読しただろうか、と。

ぼくが読んだら、誰も笑わなかったはずだ。

メール、口癖、生徒の声

ここまでの経過において、真矢さんが友達に宛てたメールを紹介してきた。内面の吐露や告白を知るという点でとても重要な手がかりだと考える。メールを通じてよく励まされたというひとり生徒は、「ぼくが落ち込んでいると、メールを送ってくれた。大丈夫？と声をかけてくれた」と振り返っていた。そして、こう続けた。

「真矢さんは自分の時は大丈夫、大丈夫と二回言う。俺はいい人じゃないし、優しくないよって。自分のことになるとブルーですごく自虐的だった」

真矢さんはメールの中でも、親しい友達とは愚痴をよくこぼし合っていた。しかし、自分の内面の深く繊細な機微については開いて示すことはほとんどなかった。それは、残された人にとっての大きな自責や後悔にもつながった。

真矢さんが三年時の初頭に書いた自己紹介カードがある。その中に、「私は、挙動不審で、何事にもためらいがちなヘタレです」とある。「ヘタレ」が太字で目立つ。将来の夢や希望については、「多くの人に貢献できる仕事」と記されていた。小学校高学年時の「将来の夢は警察官」ともつながっている。

自己紹介カードの〈○○と呼んでほしい〉という項目では、自分の氏名のミドルネームに「ミラメノス」と入れている。プレイステーションポータブル「モンスターハンターポータブルセカンドG」の武器アイテムに、この「ミラメノス」がある。笛のようなアイテムで、攻撃力の高さとともに、多人数プレーでの防御において仲間への補助能力が高い。ここにも真矢さんの志や目標を重ねるのは、大げさに過ぎるだろうか？

真矢さんは、兄への敬意を密かに抱いていた。当時高校生だった兄が、中学時代に不登校の友達に寄せた思いやりと行動について知ったからだ。真矢さんの兄が、不登校の友達を家に迎えに行き、やわらかい言葉かけをし続けたことである。真矢さんは両親に、「俺もああいうことをやりたいんだよ。でも、できないんだよなあ」と言っている。

真矢さんが亡くなった後、当時一年生のサポート級（特別支援学級）の生徒から真矢さん宛の手紙が届いた。手紙の内容は、毎朝の登校時に自分と真矢さんが共通の生徒の自宅に迎えに行くのに、呼び鈴を鳴らすタイミングがしばしばかち合ったのだそうだ。そんな時にいつも真矢さんは自分に挨拶をしてくれたり呼び鈴を鳴らすのを譲ってくれたり優しくされたそうだ。そのことが嬉しくて感謝の気持ちを伝える手紙だった。尊敬していた兄の行動に重なるような逸話である。

真矢さんの口癖は、自己紹介カードにも見られた「ヘタレ」と同様に、「どうせ俺なんて」を繰り返していたと両親が話している。「自虐的な人でした」という友達の証言とも合わせて、自尊感情の低さや自己否定的な側面が伝わる。

ある生徒は、「真矢さんは学校でも塾でも元気だったが、学校の元気さは、いじられキャラとしての元気さで、授業中の大声にしてもやらされている感じだった。塾での大声の喋りは、自分からやっていた。塾の方が真矢さんらしい」と話している。

真矢さんの葬儀の納棺時に生徒たちが寄せたメッセージの声がある。

「いいやつだから人に言われたことは嫌とは言わなかった」

「熱くていい人だった。でも、他の人の期待に応え過ぎてしまう部分もあったので、そこに気づいてあげられて止められていれば少し変わったのかもしれないと思う」

「私が悩んでいたら話しかけてくれて困っている時は手伝ってくれた」

「体力テストで自分は終了しているのに、誰かと走った方が記録は伸びるからと、一緒に走ってくれた」

「二年の後期に委員会の委員長になった時、原稿用紙と質問用紙を失くして困っている時に一緒になって質問の回答を考えてくれた。彼がいたから生徒総会がうまくいきました」

「いつも俺の我儘を聞いてくれて嬉しかったたし、いまは謝りたい。どんな気持ちで俺の我儘を聞いていたのかわからなかったよ。いま考えると嫌々やったこともあったと思う」

これら生徒の声を聞いていると、真矢さんが書いた遺書の「自分をさらけだして生きていく」について思いを馳せる。

感情を真っすぐに表出することが「さらけだす」ことなのか？

周囲が求める自分を出してゆくことがそれなのか？

「クリスマスの物語」のように比喩的な表現活動によって発信することなのか？

それとも、それら全ての総体が「本当の自分」としての「さらけだす」ことなのだろうか？

正しい答えは、わからない。

もしかしたら、真矢さん自身もわからなかったのかもしれない。

ぼくから、真矢さんへの手紙

ぼくは、亡骸の篠原真矢さん、あるいは遺影の篠原真矢さんと初対面だった。

だから、周りにいる誰よりも遅れをとってしまっていた。

そこでぼくは、勝手に、無断で、篠原真矢さん専門の架空の担当教諭になることにした。

その思いで夢中になって聞き取りや調査にのめり込んだ。

真矢さんは、遺言でたくさんの友達に友情の言葉を贈った。肉声やメールでたくさんの友達を励ました。今度は、ぼくが真矢さんに手紙を書いてみようと思う。

篠原真矢さんが自分では語れなかったことをぼくから語りかけ、投げかけてみたい。

＊　＊

会ったことがない君へ

篠原真矢さん。

小学校の頃から、真面目な顔をしながら不思議でおもしろいことをする人でした。逆にふざけているようで真面目なことを言ったりしたりする人でもありました。どこまで本気なのか、冗談なのか？　その境目が曖昧な人でした。正義感がとても強かったと振り返る友達がいると共に、奇をてらった行動をあえてすることもあったと追想する友達もいますね。

器用ではないけれど、小学校の頃から、運営委員会や実行委員会、応援団など社会貢献のためのトライをしていました。そのことを多くの人も認めています。でも、普段はあまり目立たなかったという友達もいました。ここぞ、という時の言動や行動に独特な考え方や持ち味を示しました。周囲の評価や評判も多様でした。心の奥の方で思っていた真心というか真意が思ったように伝わらない自己矛盾は、小学校時代からあったように感じます。学校や塾で思い通りにいかないことがあると激高して相手構わず反抗することもありましたね。逆に、真矢さんを認めてくれる友達や先生への律儀な態度や言葉、義理堅さにも「らしさ」がありました。

いつだったか、お父さんのソフトボールの試合に同伴したことがありましたよね。ベンチから大きな声援を送りながら、一塁へのランニングに手抜きする大人に向かって激励するようなファイトマンなのです。

中学一年生の時に、学級があまり落ち着いていないこともありちょっとイライラすることがありましたね。感情が昂《たかぶ》ると納得できないことや相手に対してそれが先生であっても抗議しました。それで母上には何度か学校に来てもらったこともありました。駅伝大会に意欲の炎を燃やしていたのもこの頃でした。意外にも学校の話を家族にしないのに、駅伝のことはお喋りしていたようですね。

二年生では何と言っても生徒会への立候補でした。

この頃は、定着しつつあった「いじられキャラの篠」という「求められる自分」と生徒会役員としての「求める自分」との間にずれや矛盾の軋轢が生じていたようですね。矛盾する要素が対立しながら同居するというアンビバレンスな状況の中で、すごく苦しんでいたように思います。真矢さんの大切な友人へのいじめの矛先を自分に向けさせるための大きな翼にもなった「いじられキャラ」。

時々しんどくなっていたはずですよね。プロレスごっこをたのしそうにやっていたと感じていた人と無理をしていて苦しそうだったと感じていた両方の声を聴きました。真矢さんはいつも「求められる自分」と「理想の自分」、そして「現実の自分」との狭間で激しく揺れていたのです。それは振り子のように振幅しながら、矛盾の度合いを大きく、大きく拡げていったのだとぼくは感じています。

違っていたらごめんなさい。

あなたの翼は深く傷を負っていたのではないかと心配です。

一度母上に大切な友達がいじめに遭っていることを告白しましたね。でも、いじめている人のことや実は自分自身もいじめられていることを話さなかったね。

「俺が頑張んなきゃ、仲良くしなきゃ」という言葉を独り言のように言っていたのは三月の声が聞こえる頃でした。何かを成し遂げるためには犠牲が伴うという思想を心根にもっていたのではないですか？　だから、家族にも隠して、まだ自分で勝負しようと決めていたのですね。

三年生になって、顔ぶれも変わったこともあり、「いじられキャラ」を話題が合う身近な友達の前だけで発揮するように変化しましたね。それでますます、二年生の時の行動の意味がはっきりしました。無理やり皆の前でやらされてやるような必要がなくなったのですね。話題が合う友達との談笑が増えました。でも、真矢さんが自分に重ねていた音楽の歌詞への傾倒やアニメの主人公などの名台詞についての掘り下げた対話はほとんど誰ともしていないようでした。ぼくは、そこに人間のもつ深い孤独のすばらしさや、反対に孤立の寂寥感を同時に思うのです。ぼくが生前、真矢さんに逢えていたら、その心根の扉をノックさせてもらっただろうと想像するのです。どんなにおもしろい化学反応が起こったことでしょう。あるいは、ノックに応えてもらえないこともあり得ると理解しています。肝心なことはノックする、される人がいるということです。

体育祭の時、自分のチームが応援賞をもらいました。応援団長が応援団やその他の人たちと喜びのハグをしていました。かつて友達や自分の人としての尊厳を踏みにじった人が称賛されていることに、何とか良いところを見つけて自分も応援していかなくてはと思っていた心が砕けたのだとぼくは察しています。体育祭前に、応援団長の教科書をカッターで裂いたのは、やりかたとしては自分としても不本意だったことでしょう。だって、自分の掌は、暴力を生み出すためのものではないと、人一倍感じていたのだから。でも、それ以外の術はもはやないと判断したのでしょう。そこにも現実と理想のギャップが見られますね。

過去に友達や自分に及んだ暴力や人権の踏みにじりは、「いま」が充実していれば反故にされるのか？　そんなことはあり得ない。あってはならない。そう告発するように裂いたのですね、きっと。告発することで周囲の人に判断を委ねたところもあるでしょう。「良い所見つけ」だけでは、進んでいけないこともこの世にはあるとぼくも思います。

この週の塾では、机にうつ伏せになって悩んでいる様子の真矢さんを見ていた人がいました。やはり方法としては不本意だったのでしょう。思いとやっていることがずれるのは望んでいないことですからね。

この件の周囲の反応は賛否両論でした。いじめや暴力などの人権侵害を受けたり認知したりしていた同級生は、賛同しました。しかし、多くの人たちは、カッターを使った行為を恐ろしい暴力だと思いました。

真矢さんたちが受けた暴力についてはは特にふれられずに。

ぼくは、いま、真矢さんのつくった「クリスマスの物語」を活かした授業をしています。この物語をぼくの生徒に読んでも笑う人はいません。

泣く人はいるけれど。

ぼくの命の使い方は、不当な嘲笑が誰かの同調圧力の暴力によって起こる恐怖について、生徒たちに考えてもらうことです。

それは、どこの教室でも、まちでも、国でも、世界でも起こり得ることだって。

真矢さんが護ろうとした友達が一番恐れていたのは、自分がひとりの人間としてあたかも存在していないように扱われることだったと追想しています。そういうことがあってはならないのだとぼくは、問い続ける自分でありたいのです。それは、きっと、真矢さんが伝えたかったことです。

自分が死に向かっているのに、生き、残る友達への励ましを書く人。君は何かを成し遂げるための犠牲になんてなる必要はなかったんだよ。ぼくは、君が亡くなってから初めて会ったのです。だから、だからね、悔しくて堪らないのです。

だってもっと前に逢いたかったからです。

人間は、誰もが「死に向かってゆく生」を歩いています。その生をこれからも共有したい。

「生きかた報告書」は、そのことの宣言でもあります。真矢さんの言葉の感覚はとてもとてもおもしろい。少しへそ曲りなところがなおさらいい。真矢さんに読ませたい本や詩は山ほどあります。

一〇年が過ぎたので、これから少しずつ毎年、ぼくから手渡しするようにします。真矢さんと言葉や命や恋愛や陸上などについて語り合いたいので。

夢の中に登場する時は、いつものように逃げないで少しは立ち止まっていてほしいです。

渡邉　信二

＊

＊

第二部

「生き／残る／人」の歩き方

Ⅳ「生き残る人」から「生き／残る／人」へ

「生き残る人」と書くと、何か引っかかる。あくまでもぼくの私見だ。言い換えると、「取り残された人」である。「取り残されてしまった人」と感じることもある。

そうではなくて、自分の意思で「生き／残る／人」だと書きたいし、言いたい。

ぼくもその一人だから。

川崎市立東菅《ひがしすげ》小学校に勤務

二〇一二年、川崎市教育委員会の指導主事から学校現場に戻る時、ぼくは、学級担任で実践を積むことしか念頭になかった。真矢さんのことで学んだことを発信したい思いがとても強かった。

だから、選択肢はあったものの目もくれなかった。そして、川崎市の教員を退職するまでの最後の五年間（二〇一五〜二〇一九年度）は、篠原真矢さんが通った南菅中学校区の一部でもある東菅小学校に勤務することになった。

このまちで働くからには、ぼく自身の命の使い方は明らかだった。そのスイッチを押すことに何の躊躇《ためら》いもない。

でも、時に、人は、過剰にそのボタンを押してしまうことがある。この時のぼくはまさにそうであったように思う。

自分自身の意識が研ぎ澄まされ過ぎて、過剰な義務感で自分を縛りつけていた。そして、その束縛は、周囲の同僚やまちの人たちにも知らないうちに向けられたのかもしれない。

「なぜ、このまちに暮らしているのに、真矢さんのことを知らないの？」

「なぜ、六月七日が近づいているのに、学校組織としてあの出来事を話題にしないの？」

「なぜ、研修に篠原夫妻を招かないの？」

「学校は何を怖がっているの？」

まさに問い詰める感じである。

口には出さないけれど、ぼくの内側で言葉が溢れそうになるのがわかる。この問い詰めるような問いの連続は、実は、ぼく自身への焦りであり、自縛の苦しさが顕れているのだ。でも、ぼくは「義務感」のラベルを自分自身に張りつけて進捗しない現実に苦悶するばかりだった。

義務感の自縛に苦しんでいたぼくは、次第に篠原真矢さんの記事や関連する書籍、資料を収集して、校内にコーナーをつくったり、児童支援コーディネーター（学校全体の児童指導や児童理解の総括をする教員）と相談したりする中で、少しずつ前進させようとした。

川崎市内の小中学校の教職員研修で、篠原夫妻を講師やゲストとして招いた学校は未だに数校だ。東菅小学校は招いた数少ない一校である。その他の県や市町村の方が毎年招聘する学校も含めて、圧倒的に多いのである。この現状を何とか打破したい。すでに全市校長会研修での講演は実現していた。その校長がどんなに熱心な人でも、教職員への伝達時に熱量の低下は否めない。直接、空気を介在するからこそ、伝わることがある。新型コロナウイルスの時代ならリモートで工夫することもできる。フル講演ではなく、研修をシリーズ化して、教職員が問題に対して十分に自分の考えをもった段階で対談型のリモートを企画しても良いだろう。そのようなひと手間はどこの学校でも可能だ。特に休校期間に、カリキュラムや教材開発、外部講師の見直しなどを推進した学校は、授業再開後に勢いを生み出すことに成功している例がある。

「僕はなぜ止められなかったのか?」

篠原真矢さんのことを伝えるのに、ぼくが勤務校で講演をしたこともある。資料を講演前に配布し、どんな経緯があったかなどを知ってもらってから実施した。児童支援コーディネーターが尽力してくれて、伝播力が加速した。研修の場づくりや椅子の配置のデザインも含めて、職場の連携力が問われる良い機会である。

映像教材は、それぞれの教員が自分の時間をつくり視聴できるので有効である。

二〇一三年のＮＨＫスペシャル「僕はなぜ止められなかったのか？――いじめ自殺・元同級生の告白」はお薦めの映像教材である。篠原宏明さんと真紀さんは、ダイジェスト版を用いて、自前の講演で使うことがある。これは時間の関係があって止むを得ずしていることである。学校教材で使う場合は、時間が許す限り、できればフル視聴が望ましい。

ぼくは、授業参観とその後の保護者会でもこの映像を活用したことがある。その両方において、ＮＨＫの小堀友久《こぼりともひさ》ディレクターに同席してもらった。

小堀友久ディレクターは、「僕はなぜ止められなかったのか？」を撮った人だ。この映像をつくっている途中で、ぼくは何度か取材協力をさせてもらった。その後小堀ディレクターが熊本県に転勤になり、しばらく音信不通になっていた。ところが、二〇一八年に東京勤務となり、再会することになったのである。

篠原宏明さん、真紀さんたちが立ち上げた一般社団法人「ここから未来」のシンポジウムにぼくが初めて呼ばれて登壇したことがある。そこに小堀さんが来てくれたのだ。二〇一八年度の夏のことである。その直後の夏休み期間に東菅小学校のぼくの教室に取材に来校してくれたのである。

それから間もなく、「いじめをノックアウト」の取材や撮影が始まったのだ。この番組にはスペシャルも含めて三本の授業実践作品がある。

この「僕はなぜ止められなかったのか?」の秀逸さは、いままであまり取り上げられたことがない、いじめにおける「傍観者」と呼ばれる立場に注目した点である。そしてこの「傍観者」は、いじめを見て見ぬふりをしている「悪者」の烙印を押されることがしばしばある。でも、果たしてそのように決めつけてしまって良いものだろうか?

この問いが、ドキュメンタリーの向こう側にあるように感じるのである。

逆に、この「傍観者たち」を「揺れ動く人の苦悩と解決の糸口の集まり」と捉え直すことはできないか? と、問いたいのである。

映像は、真矢さんの同級生で同じ野球部員だった小島萩司《こじましゅうじ》さんを軸に据えてゆく。ぼくは小島さんともちろん面識がある。彼は、真矢さんの月命日に、可能な限り自宅を訪問し、真矢さんの部屋に泊まってゆくことを重ねていた。

でも、同級生たちが篠原家を訪ねても、悲しみについての深刻な話や死生の話題になることは滅多にない。そこは、まるで街のコミュニティだった。そう、広場である。例えば、ぼくが突然、職場の同僚を同伴しても受け容れてくれた。そして、元気を吸い込んで、皆、帰宅するのである。

ところが、このドキュメンタリーの終盤で、小島萩司さんと宏明さんが、真矢さんの死生について対話する瞬間が偶然訪れた。

あの小島さんの表情をぼくは一度見たことがある。ぼくが調査委員として南菅中学校で小島さんと面談した時と同じ表情だった。

ぼくは、小島さんのように「生き／残る／人」一人ひとりが、心の内側の一部屋にいつまでも忘れられない、それぞれの真矢さんの面影や気配を抱えているのだと悟った。カメラも宏明さんもそれを無理やりこじ開けることはしなかった。何気ないタイミングと呼吸の営みの中で、ふっ、と思いが言葉になって重なった瞬間をカメラが捉えたのだと感じ、心が動かされた。それは、機が熟したのだという言葉ですら薄く感じる、人と人の息遣いの交差のように思えたからだ。

宏明さん―一番わかっていないのは、教科書事件から亡くなるまでの間なんだよ。

小島さん―でも、本当に死ぬまで何も言わなかったから、俺らも推測の域を脱せない。

宏明さん―今、自分の中で考える真矢が亡くなった原因は何だと思う？

小島さん―守り切れなかったというのはマジで本心だと思うから。結局はそういうことなのかなと思っているんだけど。（最期の）メールをぼくに一番に送ってきたのは、何かあったと思うんですよ。勝手な予想だけど、もしかしたら俺なら助けにくるんじゃないかと。

宏明さん―正直、今日話をしようと思ったのは、お前が自分自身を責めるものが多々あるじゃん。家族はしかたないとしてもね。お前がそういう目に遭っているのは俺もつらい。

小島さん―でも、これはしかたないことだから。絶対に何かできたから。悔いても悔いても悔い切れないし。どんなに周りに言われても自責の念というか、俺がもうちょっとできればっていうのはすごく強い。

宏明さん―友達だからたぶん忘れることはないと思うけどね。忘れないでほしいなっていうのと、もういいよっていうのはすごくある。複雑な心境なのよ俺らも。もう自ら責めないでくれ。自分をもし責めているんだったら申し訳なかった。ごめんな、真矢がそういう思いをさせて。一回はきちんと君に謝りたかった。

真紀さん―お礼も言いたかったしね。

宏明さん──しんどかったよな。
真紀さん──いつも心配していた。でも怖くて聞けなかった。いつも笑っているじゃない。でも、すごく心配していたの。私の夢はうちに来てくれる子が、大学に合格して、就職して、結婚して、子どもができて、幸せになっていく姿を見たいわけ。真矢のところに私が行ったときにみんな幸せになったよ、大丈夫だよって言ってあげたい。だからゴンジ（小島さん）にも幸せになってほしいの。

小島さんは、涙を流しながら、宏明さんと真紀さんの言葉を抱きしめるように聴き入っていた。

「僕はなぜ止められなかったのか？」によって、「傍観者」と呼ばれる人の中にこそ、揺れ動く葛藤を有しているということに気づくことができる。葛藤は、問題に突き当たっているから起こる。その決めかねている要素に、解決の糸口やヒントが内包されていることがある。そこにアプローチする勇気をぜひ、私たち大人が次世代の人たちに授けたい。あるいは、一緒に悩み考え、活路を見出してゆきたいと願うのである。

便利な世の中になって、タブレットやスマホを覗けばすぐに条件反射のように、「知ってる、知ってる」が呟《つぶや》かれるのも結構なこと。

でも、いつの間にか、問いと答えがセットになっていないと満足できない世の中になっているなんて、どうかしている。

出来事の「向こう側」を見る

ぼくは先に述べたように、篠原真矢さんの死生とともに生きるための義務感によって次第に自分を縛りつけ、時には、自分の首を絞めることもあった。苦しくなると、周囲の無関心さや無知への怒りにも似た気持ちを知らず知らずに膨らませてしまっていた。

小堀友久さんとの再会の時期、ぼくは、その義務感の肥大に苦しんでいた。そして好ましくない感情を自分の中に生み出そうとしていた。そんな状況の中での再会は、ぼくの授業意欲や新しい単元学習（教材を学習者の意識に合わせて、複数の時間を集約したひとまとまりの経験になるように進める方法）の開発への情熱を奮い起こしてくれたのである。そして、日々、たくさんの対話や思索の交流を重ねた。

ある日、ぼくが義務感とのつき合い方の道筋で、無関心な同僚への攻撃的な感情に苦慮していている話をしたことがある。すると、小堀さんはぼくに、「生意気なことを言いますが、もし、真矢さんが渡邉さんのその感情を知ったら、喜ばないような気がするのです。真矢さんは多分、そういうことを望んでいないはずです」と言ってくれた。

彼は泣いていた。

この言葉は、何かの導きに匹敵するような含みのある言葉としてぼくの内面に染み込んでいった。今でもあの時の声がぼくの支えのひとつになっている。

ぼくは、小堀さんとの再会を味方につけて、発信の在り方を考えた。

また、「義務感」を「使命感」に捉え直してみるなど、細かいことだが、意識を変えてみようとした。

やがて、それらは「命の使い方」という表現に変わった。

ぼくの命を誰かの幸せのために生かすような感情や生命観の流れを生み出す心の持ち方を意識するようにした。

篠原真矢さんのことを授業の中でどのように子どもたちと考えてゆくのか？

この問いへのひとつの閃きが生まれた。

それは真矢さんが中学二年生だった、二〇〇九年一二月一七日につくった「クリスマスの物語」を生かした授業だった。

NHK・Eテレ「いじめをノックアウト」の撮影①

NHKの小堀友久ディレクターとの再会は、ぼくだけでなく、子どもたちの学びにとっても大きな意味があった。それは、自分たちの取り組みを発信し、学び合いのきっかけをつくり出すという視点で重要な役割をもてると思ったのだ。つまり、実践を拡げ、その反響などからさらに手応えを感得しつつ、ぼくたちの学びへの意欲の深化に変えたいと希求していた。

「いじめをノックアウト」の撮影は二〇一八年から始まった。全部で三本の作品になった。そのうちの一本は、スペシャル番組の長めの映像作品になった。これらの集大成としての意味も含めて、NHKスペシャル「わたしをあきらめない」が二〇二〇年の五月に初回放送された。

一本目の発信である二〇一八年の「いじめをノックアウト」の「友達からのＳＯＳ！あなたは何を伝える？」でぼくたちが試みたのはどんなことだったのか？

放送局に寄せられた「悩み」を、その当事者とは会ったことがないぼくたちが、感じ、考え、背中を押すことは果たして可能なのか否かという試みだった。

授業づくりはステップをつくることである。

階段を上がってゆくようにその最上階の景色を思い浮かべながら、積み上げてゆくイメージだ。

ぼくは、次のような階段をスケッチとして思い描いた。

- ステップ1　知る／傷《いた》みと混じる
「相談の手紙」の言葉に引っかかる感受性をもって対応する。
- ステップ2　声をつくる
「相談者への応答」を書く──その1
- ステップ3　声と混じる／視点を変える試み

相談者の立場で手紙集の冊子を読む
■ステップ4　聴き合う／自由対話
■ステップ5　声を届ける
「相談者への応答」を書く――その2

ステップ1は、相談者の悩みの声との出会いである。つまり、「知る」ことである。いや、「知ろうとする」ことだ。その時点ですべてのひとが「当事者」にはなれないけれどそこに準ずるような「準当事者」とも言えるような資格を得たと自覚する学びだ。

相談者の手紙の言葉に「引っかかる感受性」の感度を働かせて手紙を読むことが重要だ。引っかかった言葉を子どもたち自身が整理・類型化してゆく。次第に「知る」ことは、当事者の「傷《いた》みを知ろうとする」ことに方向性が定まってゆくのである。

ステップ2は、相談への応答を書いてみること。

ステップ3は、書いたものを冊子にして、一人ひとりが読む活動だ。この際に忘れてはならないのは、相談者の立場になろうとして読むこと。読み手の視点の変換である。

「もし、自分が相談者だったら、どんな言葉や考え方を必要とするのだろうか」という問いをもちながら読むということ。

ステップ4は、冊子を読んで膨らんだクラスメイトとの問答の必要性を「自由対話」によって実現してゆく段階である。他者との対話への欲求が、相談者の視点で冊子を読み深めることで高まり充ちてくる。相手を誘い合って教室を自由に歩きながら対話をつくる術のひとつである。

ステップ5は、いよいよ相談者に声を届けるための手紙を書く段階である。この段階では、相談者は会ったことはないけれど、まるで隣にいるクラスメイトのように感じ始めてくる。そして、最初に書いた手紙と比べてもその変化や深化、友達からの影響などが明らかに言葉の中にとけていて、それまでの学び合いの価値が生きて働くのを実感できる。

実際に相談者からのメッセージが返ってきて、そこには、「会ったこともない私のことをここまで考えてくれて、驚き、そして嬉しかった」と記されていた。

顔も知らない、会ったこともない人が、あたかも会ったことがある人以上に、その傷《いた》みや悩みを知ろうと試みたことは、相談者の背中を間違いなく何らかの意味と共に押したことだろう。それは、ひとつの「手当」に重なる。掌を背中に添えて、体温を伝達する「あの感じ」。そして、相談者の予想を超えた応答の親密さは、人間のもつ想像力の可能性にひとつの希望を示すものだとぼくは捉えている。すべては、人の心ひとつにかかっているような気がするのである。

NHK・Eテレ「いじめをノックアウト」の撮影②

「いじめをノックアウト」の二度目の撮影は、篠原真矢さんの六月七日の命日に重ねた実践を発信するという、ぼくの「命の使い方」に深く関わるということがあった。

これは、小堀友久さんとぼくのレゾナンス（共振）であり、ぼくたちの深い友情を支えるものだった。

二〇一九年六月七日の真矢さんの命日の当日、ぼくたちの教室では、前日に篠原真矢さんの「クリスマスの物語」について学んだ子どもたちが書いた文章から、Nさんの書いたものを教材に選んで授業を展開していた。子どもたちは前日までの授業で、「クリスマスの物語」を読んで、当時の真矢さんの教室に満ちていた嘲笑の空気について共有していた。

そして、「もし、あなたが、その学級のひとりであったなら、何をしない？　何をする？　何ができる？　何かしたくてもできない？　何をしたくてもやらない？　何をしたくない？」と問うた。

大人は、すぐにできるか否かを問うてしまう。するか否かという問いだってある。あえてやらない時だってあるだろう。心では何とかしたいけれどできないことだって山ほどあり得る。その心理の機微を許容しない限り、生徒たちは誰も自分の感じたことや考えたことを自由に言えなくなるに違いない。思っていることと行動が一致しないことが人間には多々あるよ、と大人こそが自分を省みて許してあげることが時にはとても大切だとぼくは感じている。

Nさんの書いた文章は、真矢さんのことと、自分の学級が前年度にいじめが絶えなかった事情とを重ねて考えていた。

その文章を引用したい。

ぼくだったら止められた。そう思う人も多いかもしれない。でも実際は、違うと思う。ぼくが四年生の時、Aさんはいじめに等しいことをされていた。クラスの中の四、五人に雑菌と言われたり、何もしていないのになぐられたりしてひどかった。でも、みんなとぼくは何も言えなかった。言ったとしても「やめろよ」程度しか言えなかった。

最初は、みんなおどろいていた。だが、それだけだ。みんなその環境に馴れていっているからだ。時間と共に、その状況に馴れていっているからだ。そして、決めつける、「いつもこんな感じだからいいや」。いつも、ということは、いつも本人はすごく嫌がっているということだ。今は、違うクラスだから分からない。でも、分からないで流していいのだろうか。もしかしたら、本人はまだ苦しんでいるかもしれない。こうやって軽く流されたせいで、真矢さんは命を絶ってしまった。もっと止められたかもしれない。でも、助けられなかった。今後、いじめ、あるいはいじめではなくても命がなくならないように祈る。だが、現実、ぼくはまだ子どもだ。子どもの力では、何もできない。祈るだけで救われるなんて毛頭ない。他人事のようだが、どうすればこういうことはなくなるのだろうか。


「子どもの力では何もできない」

よく、書いたね。

本当に諦めている人には書けない。

誰かに助けてほしい。まだ諦めたくなんてないのだ、という別の声が聴こえてこない？　しかも、真矢さんが「クリスマスの物語」をつくった勇気への敬意が感じられる。そしてその敬意が、自分の背中を押して、このような独白を綴らせたのだと言わんばかりの勇気を出している。

命日当日の授業が終わると、子どもたちは、自分の意志でいつの間にか書いたという篠原真矢さんや家族へのメッセージをぼくに託した。

「本当は私たちも自宅に伺いたいのですが、皆が押しかけたら迷惑ですので、先生、代表でお願いします」

「うわあ、重責だぁ。猫背の丸い背中がさらに重たい荷物で丸くなるけれど、しっかり届けるよ」

こんなやりとりがあった。

その手紙たちは、真紀さんと宏明さんの掌の中で読まれ、いまは額縁の中に飾られている。この壁の反対側には、真矢さんの写真がある。いつでも真矢さんに読んでもらえるようにそうしてくれたのが嬉しい。

「クリスマスの物語」を読んだ子どもたちのメッセージ

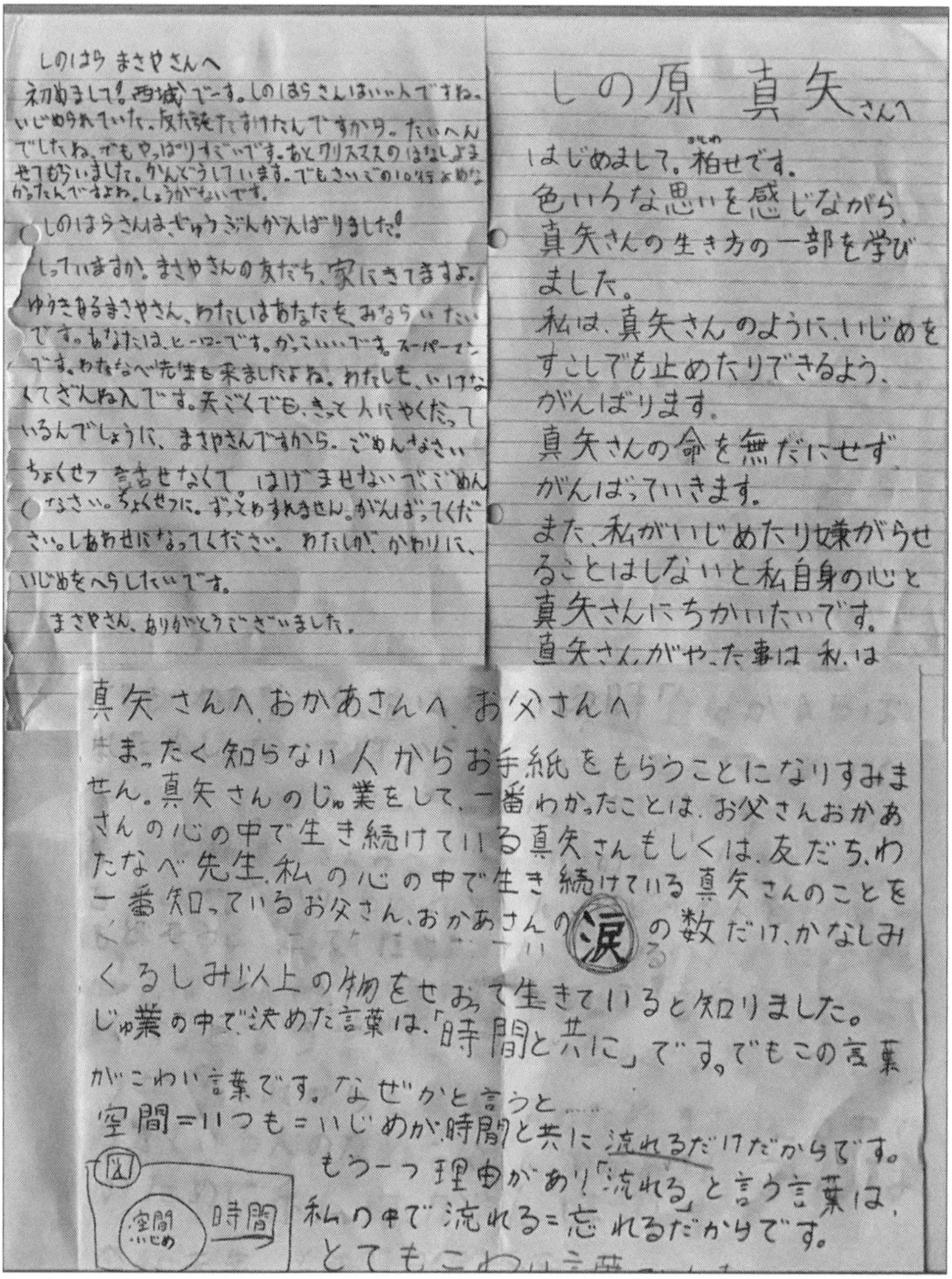

しのはら まさやさんへ
初めまして！西城でーす。しのはらさんはいい人ですね。いじめられていた、友だちをたすけたんですからね。たいへんでしたね。でもやっぱりすごいです。あとクリスマスのはなしよませてもらいました。かんどうしています。でもさいごの10行よめなかったんですよね。しょうがないです。
しのはらさんはずゅうぶんがんばりました！
しっていますか。まさやさんの友だち、家にきてますよ。
ゆうきあるまさやさん、わたしはあなたをみならいたいです。あなたは、ヒーローです。かっこいいです。スーパーマンです。わたなべ先生も来ましたよね。わたしも、いけなくてざんねんです。天ごくでも、きっと人にやくだっているんでしょうに、まさやさんですから。ごめんなさい
ちょくせつ言えなくて。はげませないでごめんなさい。ちょくせつに。ずっとわすれません。がんばってください。しあわせになってくださ。わたしが、かわりに、いじめをへらしたいです。
まさやさん、ありがとうございました。

しの原 真矢さんへ
はじめまして。柏せです。

色いろな思いを感じながら、真矢さんの生き方の一部を学びました。

私は、真矢さんのように、いじめをすこしでも止めたりできるよう、がんばります。

真矢さんの命を無だにせず、がんばっていきます。

また、私がいじめたり嫌がらせることはしないと私自身の心と真矢さんにちかいたいです。

真矢さんがやった事は 私は

真矢さんへ おかあさんへ お父さんへ
まったく知らない人からお手紙をもらうことになりすみません。真矢さんのじゅ業をして、一番わかったことは、お父さんおかあさんの心の中で生き続けている真矢さんもしくは、友だち、わたなべ先生、私の心の中で生き続けている真矢さんのことを一番知っているお父さん、おかあさんの涙の数だけ、かなしみくるしみ以上の物をせおって生きていると知りました。

じゅ業の中で決めた言葉は、「時間と共に」です。でもこの言葉がこわい言葉です。なぜかと言うと……

空間＝いつも＝いじめが時間と共に流れるだけだからです。

もう一つ理由があり「流れる」と言う言葉は、私の中で流れる＝忘れるだからです。

とてもこわい言葉

（写真提供／篠原宏明）

「クリスマスの物語」を読んだ子どもたちのメッセージ

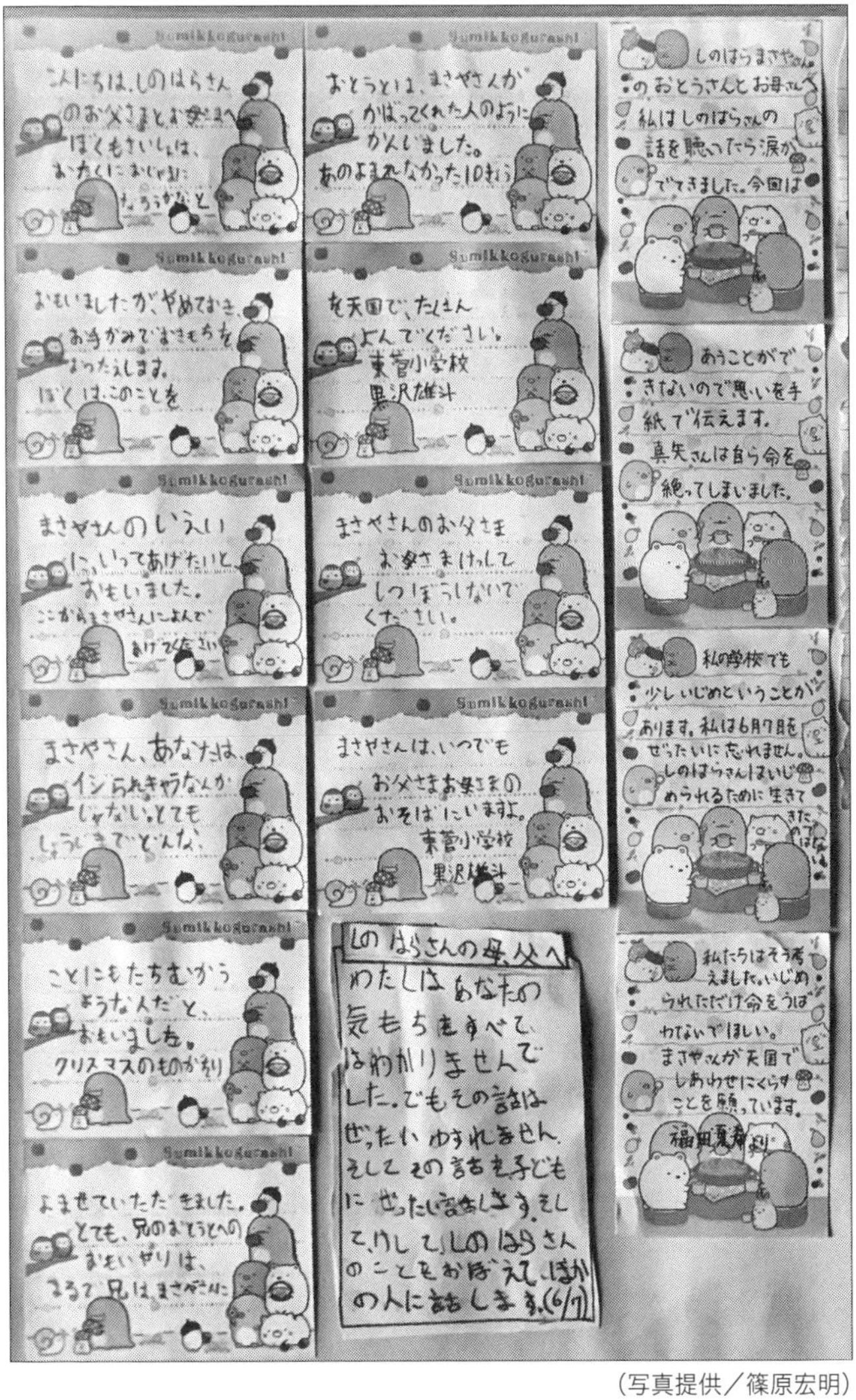

（写真提供／篠原宏明）

真矢さんの命とぼくの学級の子どもたちの「命の重なり」だね。

そして、「命のふくらみ」なのだと実感できる。

「当たり前の日常がどんなに心温まることか、想像してみてください」

真矢さん、ぼくはやっと君が言いたいことがわかってきたよ。

NHK・Eテレ「いじめをノックアウト」の撮影③

「いじめ」は差別であり、暴力だ。そして、教室の構成員一人ひとりを一つひとつの国に喩えると、戦争や紛争、一方的な侵犯や人権を脅かす行為でもある。そう考えた時に、いったい人間は、どんなことで差別や排除という名の暴力を生み出すだろうか？

学校で「いじめ」を取り上げる時、「それは悪いこと」という前提が存在することが多い。でもその悪いことを人はどんな時に、どんな相手に、どのようにするのか？　そこを明らかにしないで、「いじめを乗り越えるために」という課題に跳躍してしまうのがずっとずっと口惜しかった。しかも、「悪いこと」が前提なら、なぜやってしまうのか？　という問いを放置してしまうのはあまりにも危険だ。それはやがて、戦争は悪いことなのになぜ繰り返すのか？　とか、人と人の殺し合いは罪に問われるのに、国と国の殺し合いはなぜ放置されるのか？　という問いにもつながる延長線を秘めていた。

そこで、「ＦＡＣＥＳ」という映像集を使ってみることにした。これは、多様な国籍や文化の中で暮らす人たちのひとり二分間の告白映像集である。

これまでの生活で、差別や排除などの暴力を受けてきた内容とそのような現実の中をどのように歩いてきたのかを語る映像。

前半がどんな差別や暴力を受けたのかを語っている。だから、大部分は、試練の渦中をどう歩いたのかという時間に費やされる。すると多くの場合、「成功体験」に目が向く。なぜなら、学校は、「良い所見つけ」「好きなこと探し」がやはり主役だから。それがいけないなんて思ってもいない。でも、人が生きてゆくというのは、それだけではきっと足りないと思う。

いま、いろいろな業界で働く人たちと話していて共通して聞こえてくる、気になることがある。

それは、「新人の中に、自分の理想や思い描いていることとは違う業務に対して理解がなく、こんなはずではないと言いつつ、すぐに仕事を辞めてしまう瀬戸際にまで行ってしまう」ということである。

この、就職して間もない人の気持ちはぼくでも察することができる。

「思っていたこととは程遠い」という感覚である。でも、まだ始まったばかりでいきなり「好きなこと」や「良いこと」にばかり巡り合えるのであれば、人は苦労や工夫をしなくても仕事の理想を達成してしまえることになる。近年、学校で実践しているキャリア教育（将来の展望や職業体験教育など）に欠けている視点のような気もする。

自分の中の嫌な部分とか苦手な部分は誰にでもある。ぼくなんかたくさんあって大変だ。でも、それらを蔑《ないがし》ろにしたり、あたかも存在しないかのように排除したりを繰り返していると、自分がいつのまにか自分自身をいじめているのと変わらないことになる。

自分の「弱さ」や「変」を門前払いにしないこと。まずは、門の中くらいには入れてあげたいよね。そして、特に寒い日は、玄関の中くらいには来てもらおう。さらにできれば、部屋に入れてあげたいものだ。そのうえで滞在時間は様々だろうけれど、相手に耳を貸して、叶《かな》うなら耳を傾けて受け容れてほしい。こんなことを言いながら、ぼくこそがいまだ

- 身体的差別
- 国籍・文化・生活習慣・言語的差別
- 出身や家庭環境への差別
- 宗教的差別
- 考え方・思想的差別
- 障がいへの差別
- 性的差別
- 病気・放射能などへの無知から起こる差別
- 多数決的な集団心理から起こる差別（同調圧力）

にずっとこれを模索しながらやり続けている、張本人である。

そんな思いもある中で、ぼくたちは、「ＦＡＣＥＳ」の前半部分の映像に注目することにしたのだ。

映像集の中から二三名を選んだ。いじめという名の暴力の多様な種類が当てはまる体験を選ぶうえで、最低でも必要な事例の一つひとつである。

映像を視聴しながら、子どもたちは一人ひとり、どんな差別なのかをメモを取った。そして、それを個々人が整理・分類し、さらに学級全体として集約した。

すると、上のような集約メモができた。

もし、教室が世界の縮図で、世界が教室の拡大図だとしたらこれらの人間関係の歪《ゆが》みは、どこでもいつでも何度でも起こり得ることなのだと気づく。

そして、子どもたち一人ひとりが告白の言葉を読み解き、差別とは何かを気づくことが肝心なのである。

いじめのことを考える時、これらの差別的な暴力の要素を他者に見出して「何となくやってしまう」ことからいじめの狂気は発芽を始める。その「何となく」に気づけないことが多いのはなぜなのか、ずっと考え悩んできたひとりとして最近ひとつ思うことがある。

それは、多くの人が、自分の中の「異質」とか「変」なことを受け容れていないということ。そう、自分が自分自身に対してである。こういう話になるとすぐに他者に対する視点が動くのだが、実は、自分が自分自身に対して差別的要素を排他的に扱っていることがとても多い。カッコいいことでないし、ダサいし、変だし、キモい、からである。だからとりあえず蓋をして隠す。

何もかも他者に開示する必要があるなんてぼくだって思いはしない。でも、その中身によって、蓋をすることは自分を守ることではなくて、除外し、無視し、邪険に扱うことになってしまうこともあるのだ。その場合、自分が自分自身に対して行ういじめという名の差別的暴力として化け始めるスイッチになるのではないかと思うようになった。自分が自分自身のある側面を排他的に投げ出しているなんて意識を大抵は感じたり考えたりはしないで生きている。実は多くの人が自分で自分自身をいじめていたのだと自覚することだから。そんなことを積極的に人は認めたくないから。

でも、だから、ぼくと子どもたちはそこにあえて踏み込んでみようということになった。それをしないで「いい所見つけ」「好きなこと見つけ」ばかりやっていたらきっと「生《き》」の感情は、鬼やお化けになって自分の内側を喰い尽くしてしまうかもしれない。

そうなってくると、問いは必要感を帯びてくるというものだ。

「集約して見つけた差別の芽を私の中に探してみないか?」という問いかけである。

「自分の中の『変じゃね』ってない?」

差別や誹謗中傷の特徴は、「自分を棚にあげて喋ること」だとぼくは考えている。喋り言葉をそのまま反射的に字面にするから感情丸出しの文言に成り果ててしまう。

ぼくたちが考えようとしているのは、「自分が自分自身を排除し、いじめているんだよ。そのことに気づいてみない?」という問いかけなのである。

だから、「自分を棚上げすること」とはまったく真逆の所作なのだ。他者や物事を冷静に批判する際に、まったく逆転の発想から物事を立ち上げるヒントにもなる。批判は、否定とは異なる。異なる考えに腹を立てたとしても、お終いまで聴くこと。つまり、受け容れるということ。その手前の「受けとめるか否か」の判断が、人それぞれの分かれ道になるようにぼくは捉えている。

やはり門前払いだけはしないこと。でも、長時間、自宅の居間で語り合う相手なのかは個々で見極めること。否定と批判の区別をする時のぼく自身のコツでもある。

子どもたちは、初めての試みだったが、全員が自分の内側に「自分が除け者にしている自分自身の独自なものたち」を抱えていることに気づくことになった。とても画期的な発見である。そして人間性探求の重大な萌芽だとも言える。決して大袈裟ではなく。

一人ひとりが極めて個人的な事柄について開いてゆくので、前提として、茶化さないで真摯に受けとめてくれるという〝受信環境〟が待望される。それが困難で安易に実践すると大怪我をする理由だ。だから、ぼくがこの授業を展開したのは、年明けの一月だった。でも、考えてみれば子どもたちは六月七日にすでに「クリスマスの物語」の授業と共に歩いていたのだ。凄いね、子どもたちの前進する勢いは。改めてそう思った。同時に篠原真矢さんの感化する力にも思いを馳せた。

この授業でクラスメイトが、お互いに抱えてきた「除け者にしていた自分」「隠していた自分」「閉じ込めていた自分」などを共有することを心がけた。

この活動が充実していったことの根本に、抱えていた差別要素は、自分だけではなく、たくさんの友達が、たくさんの悩みと一緒に暮らしていたことを知るということなのだ。この発見は、本当に重要な経験である。そして、根が張るように深い意味がある。

「皮膚炎のことで人の眼が気になって水泳を休んでいました」

「体が人より大きいし、運動が苦手なので、特に跳び箱やマットはいつも見学していました」

「ミックスなので、言葉や文化のことを悪気なしにリクエストされたりからかわれたりして嫌でした」

「去年いじめていたことをまだ相手に本気で謝っていない。でも、本当に謝ることは、いまいじめをしていない自分を見せることだと思っています」

こういう一行一行を目の当たりすることで、自分に重ね、自分を重ね、自他の「変」を知るのだ。知ったら、次は理解し、受け容れてみる。できれば、受けとめながら自分の生きる知恵として取り入れてゆきたい。そうやって精神的な孤立の自縛から解放し、生きづらさから心身をほぐしてゆこうという意思が湧いてくるものなのだと思う。

「ああ、こんな自分を許してこないまま生きてきた人がいるんだな。でも、これから少しずつ変えてゆけるかもしれないよね」

そんな声が聞こえてくるようになるのである。

「良い所見つけ」や「好きなこと探し」は、こんな営みのうえに乗せてこそ、その輝きがより良く放てるのではないかな？

そんな希望的な問いかけが連鎖してゆく感覚を大事に自他の中に育ててゆきたい。まずは、大人がそのような方向性に自分たちの社会を連れてゆく気概がほしい。もちろんぼくを含めて言っているつもりだ。

V　忘れがたい記憶と共に生きる

篠原真矢さんとの出会いは、ぼくの人生における稀有な気づきをもたらしてくれている。

そして、その出会い以前にも、たくさんのぼくの生きる糧や知恵になるような経験がある。

特に小学校時代の二、三の経験を紹介してみたい。

まずは、ぼくが小学校三、四年生だった頃の話。

いじめと万引き

ぼくが小学校中学年の頃、近所の幼馴染のような複数の子たちに嫌がらせをされたことがある。顔に砂をかけられたり、自分だけ違うことをわざとさせられたりした。母・美津子がぼくの振る舞いから何となく異変に気づいた。

いじめている中心の子の家は、食品雑貨店を営業していた。その店でアイスを買った母は、その子たちを誘った。皆で食べながら、いじめている子たちが自分たちで行いの是非を考えるように諭したのである。子どもながらにすごいなあ、と感じて見ていた。わざとぼくを彼らの目の前で叱ったりしてね。本当は、自分たちが言われる言葉じゃないのかなあ……って、本人たちに思わせたのだから。

別の逸話もある。

やはり中学年で学級がいじめで荒れていた時のこと。四年生だったと思う。先生もどうにもならない感じだって子ども心にも諦めていた。その頃、同調圧力による万引きの集団強制のような「あそび」が流行って社会問題にもなっているくらいだった。ぼくたちの学年も例外ではなかった。ある時、駄菓子屋でひものついたくじ飴を同じクラスの男子たちが万引きしているのを目撃した。その駄菓子屋が幼馴染の子の家だったことをいいことに複数であそび感覚でやっていた。ぼくはそれを目撃してしまった。その複数の子たちが目で「わっちゃんだけが良い子になるつもりなの？　あそびなんだからつき合えよ」って訴えてくるのがわかるのだ。店を出ようとしたが、出口のところを塞がれていた。時間がとても長く感じられたが、実際はほんの一分か二分くらいだったはずだ。

ぼくは、ぼく自身の指先を飴からつながったひもに伸ばしていた。ぼくのものづくりを実現する偉大なはずの指先は、一〇円の飴を盗もうと動いたのである。

最悪の気分のまま、店から解放されたぼくの心は自責の極致にいた。

盗んだ飴はポケットの中にあった。

食べられるはずがない。

「なんて馬鹿なことをしたのだろう。なんて弱いんだろう、ぼくは」

ぼくは集団の「目つき」に負けた。

あの「目配せ」に。

悔しくて腹が立って、そして、とても悲しかった。

家に帰ると母が待っていた。

「お店に行くよ」

とだけ一言。

駄菓子屋のおばさんは、ぼくの幼稚園時代の級友のお母さんだった。ぼくの愚行を母・美津子に電話で連絡してくれたのだ。

ぼくは、「やはりわかってしまったのか」という気持ちよりも、知ってもらって良かった、大人が歯止めになってくれないと教室も放課後もめちゃめちゃなのだから、と真っ直ぐに思えた。

母は店までの道中、何も言わなかった。

店に着くと、母は床に膝をついて謝った。

「どんな理由があってもよそさまのものを盗んだことは罪です。私ども親の育て方が足りなかったのです。ごめんなさい」

ぼくに対して「謝りなさい」などとは言わず、自分が土下座した。

いまでも覚えているなあ。

人には忘れられない情景がある。

そしてそれを生きる糧にするとしたら、この場面は間違いなくそのひとつだった。

帰宅したぼくは、濃い西日が注ぐ台所のテーブルで、いつもの母の手作りババロアを食べた。

いつもと味が違うみたいだった。

不思議だった。

ぼくは泣いた。

オレンジ色の台所で。


このことがきっかけで、学校も家庭も荒れた教室や延長線にある放課後の人間関係の歪《ゆが》みについて真剣に向き合うようになったようだ。ぼくのしたことはとてもいけないことである。人生における最初で最後の盗みを働いたわけだから。

その一方で、集団心理で生まれたあの人間の「目つき」、そして「目配せ」も同様に、ぼくの心の内奥に、忘れられない映像として焼きつけられた。

「これが同調圧力の象徴だな。ウチワ世間を強固にし、抗う分子を排除し、同調分子を増やしてゆく原動力だ」なんてことは、当時のぼくには言語化できず、もちろん、声に出して言うこともできなかった。

それが悔しい。

感覚として気づいていても、言葉の輪郭がつくれないもどかしさのことをいまでも記憶している。

でも、母・美津子や父・信吾が、個と集団心理という人間関係の病理の軋轢から生まれる出来事の要所で、いつも情愛と決断力のある大人の姿を示してくれた。このことは、ぼくの生きる方向性を決めるうえで幾度とない後押しにつながったこととして、ぼくと共に今も相変わらず生き続けている。

母・美津子からこれらの出来事を聞いて知っていた父・信吾は、後から執拗にぼくを諭したり、型にはめようとしたりすることはほとんどなかった。ただ、背中を押してくれた。さり気なくキャッチボールの相手をしてくれた。世田谷公園へのランニングの自転車伴奏をぼくにさせた。何気なく一緒に入浴してくれた。そうやって、気持ちを和らげてくれたのだと思う。

ありがとう、美津子さん、信吾さん。

ぼくを変な子のままでいさせてくれて。

究極の選択を迫られて

ぼくが小学六年生の時に、クラスメイトでぼくの幼馴染のIさんが、自宅近所に停車中の無人のタクシーに乗り込み、無断無免許運転をした。山手通りと国道を経て、卒園したぼくたちの母校の塀にぶつけて逃走するという事案を起してしまうのだ。

校長先生が全校朝会で、子どもがタクシーを運転していたという目撃情報があったという話をした。校庭がざわめいたのをいまでも覚えている。その後の休み時間、ぼくのクラスメイトのIさんは、「校長先生のあの話、俺がやったんだよ」とぼくにボソッと話した。

「わっちゃん。朝会の話さ。あれって俺なんだよ」

＊　　＊

ぼくは、後に、教壇に立つようになってこの出来事を道徳の教材にした。教材文を全文引用してみる。

Iとタクシーとぼく

「わっちゃん。朝会の話さ。あれって俺なんだよ」

Iが、とつぜん、ぼくに話してきたのは、中休みのことだった。

「冗談やめてよ」

ぼくの言葉に、それでもなお、Iは真顔だった。

「冗談でこんなこと言わないよ」

Iの話はこうだった。

昨日の日曜日だった。

Iの住むマンションの近くにタクシー会社がある。その会社の前の路上にエンジンをかけたままのタクシーが停車していたそうだ。ドライバーは不在で、事務所に忘れ物でも取りに行ったのかもしれない。そこへ、ちょうど、Iが通りかかった。Iは、タクシーに乗り込み、そのまま自動車を動かしてしまったのだ。Iは、小さな頃から幼稚園を突然、飛び出したり、教室からいなくなったりすることがある子だった。それにしても、さすがにこの話には驚いた。

ぼくは、言葉を失った。Ｉは、続けた。

「山手通りにすぐ出て、池尻大橋方面に走らせたんだ。そして、国道２４６に突き当たったから左折して、卒園した幼稚園に向かったんだ」

Ｉは少し興奮しているようだった。

「タクシーを幼稚園の壁にぶつけてしまって、怖くなってさ。そのまま幼稚園の中に逃げたんだ。後は校長先生が朝会で言っていた通り。幼稚園の校舎に入り込んで、冷蔵庫の中の食べ物を食べて、そのまま逃げたんだ」

Ｉは、興奮しているというよりは、ぼくには、少し得意げに見えた。

まずいよ。

本当にまずいよ、Ｉ。

Ｉとぼくは、幼稚園に入学して、二年間同じクラスだった。その前から近所で顔見知りだから、幼馴染みたいなものだ。小学校でも何度も同じクラスになり、六年四組でも一緒になった、そんな縁みたいなものがある関係だ。Ｉは時々ぼくに頼るところがあった。昔からそうだ。Ｉは優しいところがあって、憎めないやつでもあった。だから、ぼくはＩをいろいろ助けてやった。そんなこともあって、Iは困るとぼくに時々頼ってきた。今回も。でも、でもさ、今回はまずいよ。絶対、まずいよ。それにさ、何でそんなに笑顔で、自慢するみたいにぼくに語っているんだい？

ぼくは、何て応えればいいんだい？

Iの話が終わって、ぼくは、しばらく沈黙した。何を言っていいか、言葉を探したからだ。するとIが、再び口を開いた。

「わっちゃんさ、今の話を先生とかに言う？　言わないよね。だって俺たち、幼馴染だよね。それって親友みたいなものだよ。ねっ、だから言わないよね。信頼しているからさ。信じているから話したんだしね。わかるでしょ？」

Iは、言葉と目でいつものようにぼくにもたれかかるように頼ってきた。ぼくは、やはり沈黙しつつ、Iの視線から自分の気持ちをそらした。そして心の中で呟《つぶや》いた。

「I、まずいよ。今回はまずいよ。だって人を轢《ひ》くところだったんだぞっ」

ぼくは、その場に居たたまれなくなり、席を外した。そして、気づいたら職員室の前に来ていた。Ｉはいない。ぼくは、心で何度も繰り返した。

「言わなくちゃ、言わなくちゃ、言わなくちゃ……」

でも、ぼくは、職員室の扉をノックすることができなかったんだ。

「この弱虫……」

ぼくはため息をついた。

こんな情けないため息を自分で感じるのは、もっと情けなかった。とうとう、ぼくは、そのままその日は帰宅したんだ。

この話をぼくは、父さんにした。父さんはぼくに結論を押しつける言い方をしなかった。そしてこう言った。

「人を轢くかもしれないってわかっていて、運転しているとしたら、それって人殺しをしてもいいって思っているんじゃないの？　そう考えたら、ぼくたちにできることは、決まっているんじゃないか？　無免許運転ということ、他人の車を盗んだこと。そして、それを運転したこと。卒園した幼稚園の壁を破壊し、建物に侵入したこと。思い出も何もかも土足で踏みにじったのだと、父さんは思うんだけれど」

その夜、ぼくと家族は、先生に連絡して、全てを話した。

翌日、Iは教室ではない別の部屋へ行き、先生にいろいろ訊かれた。そして、しばらく学校を休んだ。警察にも行ったのだろう、きっと。休む直前に一度だけ先生と一緒につき添われて歩くIとすれ違ったんだ。Iは何も言わなかったけれど、目と目が合ったんだ。Iは、目でぼくに呟いていた。

「わっちゃん……裏切ったな」

ぼくには、そう聞こえた気がしたんだ。ぼくは誰にも言えない、人知れぬ孤独を感じた。

ぼくは、Iを裏切ったんだろうか？　ぼくはIを先生や警察に売ったのだろうか？　ぼくとIは、本当に親友だったのか？　本当なら、親友のことを裏切ることは友情をぶち壊すことだ。仮に今回のことが明らかにならなかったら？　Iは、反省して、もう二度とやらないでいられただろうか？　自問をくり返しながら、ぼくの頭に焼きつく景色がフラッシュのように蘇った。

面白そうに、自慢げに、運転したことを語るIの顔だ。そして、ぼくの心にこの言葉が木霊した。

「あいつは、またやるつもりだったんじゃないか？」

またやったら、また運転したら今度こそＩは、あいつは、人を……轢く。

そう思いながら一方で、別の声が木霊した。

「ぼくは、Ｉを失った。長年の友達を失ったんだ」

＊　＊

こういう出来事は極めて稀有である。でも、一度起これば、それは奇跡などではなく、一〇〇％のリアルなのである。

実はＩは、他の人たちにも自分がやっていることを言いふらしていたそうだ。不安に耐えられないＩらしい行動だと思った。だから、ぼく以外からもＩの所業は、学校に伝わっていた。

だから、思い悩む必要なんてないよ、と言われたことがあった。でも、そういう多数決の話でもない。

仮に、「もし、Ｉから聞いていたのがこの世でぼくひとりだけだったら？」と自問してみれば良い。

ぼくは、この教材で次のような問いの選択の幅をもたせた。

問い／「ぼく」の判断や行動、迷いなどをあなたは、どのように評価し、考えますか？

①人殺しを犯す前に、Iを止めたことが大切ではないか。

②中休みのうちに先生に知らせなかったことは、もし、その夕方、Iが、もう一度罪を犯したとしたら、結果として、再犯を許すことになったのではないか？　誰かが轢かれたらどうするのだろう。判断が遅い。

③友達や友情を失う前に、もう一度だけ、Iにチャンスを与えることはできなかったのか？　信じる気持ちはどうでもよいのか？　Iを裏切ったことになるという後悔に縛られている。

④迷ったまま誰にも言わなくてよい。他人のために、自分の人生が悩まされるなんて御免だし、おかしい。だまっていれば、誰も傷つかないのでは。

⑤幼い頃から、Iを甘やかし過ぎたのでは？　だから、大きくなってとんでもない事件を犯してしまったのではないだろうか？

⑥その他

努力に勝る才能はない

ぼくは、高学年になった。

小学五年生時のぼくは、変声が早くて高域の発声にとても苦慮していた。要するに、高い声が出ないのである。

皆の前で歌う試験の時に、ぼくは息を吸って高い声を出す独特な発声法を使って歌った。これは苦肉の策だった。

低学年の頃、当時は、ハーモニカを演奏することが必修だった。ご存じのように、この楽器は息を吐いて音を出すだけではなく、息を吸って音を出すこともあり、技術的な難易度も高かった。この経験をヒントにして、歌唱にも応用してみたのである。

歌い出すとやはり聴いていた周りの友達はクスクス笑い出した。

ぼくは恥ずかしいけれど歌い続けた。

すると、途中で、音楽専科の髙橋保則先生が伴奏を止めてぼくの歌を制止した。ぼくは、変な歌い方をしている自分と笑っている友達も一緒に叱られると身構えた。

しかし、髙橋先生は、こう言った。

「わっちゃんは、変声で高い声が出せない。そこで、息を吸いながら歌う方法で裏声とも違う声の出し方を発明したのだね。この諦めない姿勢と意欲がすごいのだよ」

そう話した後に、もう一度、歌わせてくれた。今度は誰も笑わなかったのだ。

やっていることは先程と変わらないというのに。

髙橋先生は、苦しんで編み出した方法を人間の工夫や努力の可能性として価値づけしてくれた。しかもぼくが他の人よりも「弱さ」だと感じている部分を隠さず、さらに自ら補うように行動したことを認めてくれたのだ。

再演した時、クラスメイトの視点は、そこに集中して聴いていたのだろう。だから、笑わなかった。

人間は意味や価値に気づくと、ものの見方が変わり、確実に賢さを増すのである。

髙橋先生は、またある時は、皆の前で学校の周年行事で演奏したベートーベンの第九交響曲抜粋版におけるクラリネットソロの部分を吹くように、ぼくに指示を出したことがある。突然だったけれど、ぼくは一生懸命吹いた。

六年生の頃だろう。

上：髙橋保則先生（左端）と著者（右端、1977 年頃）／下：髙橋先生の教え子たちで運営している「NO　FOXオーケストラ」でクラリネットを演奏する著者（右端、1991 年頃）。写真提供／著者

ぼくは、他のメンバーよりも力不足だったので、楽器を自宅に持ち帰らせてもらい、自主練習しなければ追いつけなかった。高校受験の迫る兄がいる狭い団地の家の中で響くぼくのクラリネットは、騒音そのものだったに違いない。

ぼくはいろいろと練習場所や方法を模索し、最終的に、浴室の浴槽の中に入り、蓋を閉めて練習した。後から兄に訊くと、それでも十分に音は響いていたが、そこまでして練習するぼくの姿には、さすがに我慢するしかなかったと話していた。

「彼の演奏するクラリネットを聴いているとぼくは思う。努力に勝る才能はない、とね」

髙橋先生は、ぼくの演奏が終わると、聴き手であるクラスメイトたちに向けてこんな言葉を伝えた。

ぼくは胸が熱くなったのを覚えている。

人の言葉が人の心を、いや、人生の生きがいさえも動かすことを、ぼくはこの頃から身をもって知ったのである。

ありがとう、髙橋保則先生。

ぼくを変な子のままでいさせてくれて。

VI　子どもの声、子どもの言葉と共に生きる

ぼくのこれまでの教員生活の中で、自分のキャリアにおける転機になるような子どもたちの声をいまでも覚えている。

やはり、いくつか紹介してみたい。

先生、いまこんなことをしている場合ですか?

初めて五年生の担任をした一九九四年の年末でのこと。社会科の伝統工業の単元学習の事例地で埼玉県小川町の和紙づくりを選んだ。単元学習とは、教材を学習者の意識に合わ

せてひとまとまりの経験となるように学習を進める教育方法である。そして、それは九五年の一月の途中まで続いた。

単元学習の構成づくりでよくあるのは、最後に和紙づくり体験を入れるというスケッチである。ぼくは若い頃から臍曲《へそま》がりなところがあったので、真逆のことをしたら何が見えてくるかを試すことがあった。

最初に和紙をつくってみる。

楮《こうぞ》とトロロアオイを小川町から取り寄せた。映像なども頼りにしてつくる。不格好だけれど子どもたちは和紙づくりの難しさをおもしろがりながらも知った。この認識が単元学習の「還る場所」になるのだと考えた。そして、学びを深める中から製造方法に工夫を加えて、紙漉《かみす》きをもう一度最後に行うという構成にしたのだった。ある職人の流儀の要素を取り入れてみるという発想である。

体験を両端に配置した「サンドウィッチ型」の授業づくり。

当時ですでに小川町の正統伝承者の職人はわずかだった。街の人に聞き取りをしながら、小川町の腰越に住む関根さんという職人に出会ったことが授業を大きく変えた。関根さんは和紙づくりと水の温度や水質の関係性のことをよく話していた。そして、自分の流儀への誇りが、静かな語り口の中に時折帯びる熱から伝わった。ぼくの質問に何時間もつき合い、車で小川町の駅まで送ってくれた。その後も何度か通った。子どもたちがあまりにも熱心に電話やファックスを自宅に送ったので、質問はまとめて整理して送ることにした。関根さんが大切にしていることを紙漉きの工程に入れるのだが、やはりそう簡単には上達はしない。あらためて職人の奥深い修行の日々を理屈ではなく実感するのだ。トロロアオイの粘り気を引き出す「水」の性質や温度の大切さは、小川町の和紙づくりの隠し味のひとつだといまでもぼくは思っている。

その単元学習の末尾の授業で、児童のIさんがぼくのところに来て呟《つぶや》いた。

「先生、小川町の授業ありがとうございました。次の単元は、日本の環境とか社会の問題や課題を統計資料などもとに学習するのですか？　でも、何ていうか……いま、そんなことをやっている場合ですか？　大震災（阪神・淡路大震災）でこんな状況なのに」

驚いた。

まるで、ぼくが思っていた内なる声をそのまま言われたような気がしたからだ。

Nさんは、神戸の大切な知人を喪っていた。

幼馴染だった。

Nさんはそう言いながら、泣いていた。
ぼくも泣いた。

新しい授業展開を考えたぼくは、それから必死になって手探りの中、子どもたちと家族の力も借りて、新聞記事や書籍、映像資料などをかき集めた。収集した資料を掲示し、読書できる場所を教室横の廊下につくった。

統計資料とその向こう側に見えるであろう人の死生の営みを、個々の事例を掘り下げて考えたかった。

ボランティアに出かけた児童の家族に授業参加してもらったこともあった。現地で見聞きした被災した人たちの状況や心境について語ってもらった。

淡路島に住む児童の遠い親戚と授業中に電話でつながせてもらったこともあった。人口の過疎化や高齢化が進む島の暮らしの中で、災害とどのように関わってゆくのか？　どんな支援のあり方が必要で、大切なのかを考えさせられた。

「阪神大震災から視える私たちの日本」という単元学習は、大きなスケッチの骨組みとぎりぎりで集めた資料や人以外は、ライブの瞬発力によって展開が進んで行った。若いぼ

高文研
教育書
出版案内
2021年

KOUBUNKEN
高文研
〒101-0064 東京都千代田区神田猿楽町2-1-8　三恵ビル
☎03-3295-3415　郵便振替 00160-6-18956
https://www.koubunken.co.jp

この出版案内の表示価格は本体価格で、別途消費税が加算されます。
ご注文は書店へお願いします。当社への直接のご注文も承ります（送料別）。
なお、上記郵便振替へ書名明記の上、前金でご送金の場合、送料は当社が負担します。
【人文書・社会問題】の出版案内もございます。ご希望の方には郵送致します。
◎各書籍の上に付いている番号は【ISBN 978-4-87498-】の下4桁になります。

◈教師のしごと・小学校教師の実践◈

752-0
「いろんな人がいる」が当たり前の教室に
原田真知子著　上間陽子解説　2、300円
おたがいをみとめ、許し許される学級を、様々な学びを通して作ってきた実践記録。

613-4
教室は楽しい授業でいっぱいだ！
◆子どもと創る心はずむ〝学びの世界〟
山﨑隆夫著　1、700円
子どもたちが「やめないで」とせがむ授業にするには？　教師も楽しい授業づくり！

588-5
授業を見直す16のポイント信頼を育む9つのわざ
齋藤修著　1、400円
「授業づくり」16のポイントと、子どもたちとの豊かな信頼関係づくりのコツ。

506-9
〝遊び心〟で明るい学級　学級担任「10」のわざ
齋藤修著　1、400円
大切なのは教師の遊び心！　若い世代に伝えたい学級担任「10」のわざ！

292-1
のんちゃん先生の楽しい学級づくり
野口美代子著　1、300円
子どもたちの笑顔がはじけるアイデア満載の学級づくり一挙公開！

380-5
はじめて学級担任になるあなたへ
野口美代子著　1、200円
新学期、まず何をすれば良いのか不安のあなたへ一挙公開する担任のワザ。

718-6
もっと話がうまくなる
子どもが変わるドラマのセリフ
丹野清彦著　1、500円
ドラマや映画のセリフを活用した、子どもが思わず聞きたくなる21の話し方。

647-9
子どもの願い
いじめvs12の哲学
丹野清彦著　1、500円
教室に被害者も加害者も出したくない。教師として何をすべきなのか考える。

616-5
今週の学級づくりあしたどうする
丹野清彦著　1、300円
一週間ごとに「今週は何をしたらよいか」をイラスト満載で丁寧に解説する。

363-8
がちゃがちゃクラスをガラーッと変える
篠崎純子・溝部清彦著　1、300円
子どもとの対話に強くなる「知恵」と「技」

537-3
ドタバタ授業を板書で変える
溝部清彦著　1、500円
学習に興味がわく活気ある授業の組立と板書をカラーで大公開！

455-0
子どもと読みたい子どもたちの詩
溝部清彦編著　1、500円
新学期から別れの季節まで、子どもたちの学校生活を綴った詩と指導の解説。

487-1
1年生の担任になったら
◆笑顔と安心の教室をつくる
新居琴著　1、500円
工夫・アイデアいっぱいで笑顔と安心の教室をつくる。ベテラン教師の指導法。

290-7
少年グッチと花マル先生
溝部清彦著　1、300円
豊かさと貧困の中で生きる子どもたちの姿を、子どもの目の高さで描いた物語。

631-8
地域を生きる子どもと教師
中野譲著　解説＝竹内常一・山田綾　1、900円
学びとは何か、生きる知識とは何か。地域の中で子どもと共に学ぶ教師の実践。

630-1
子どもにやさしい学校に
古関勝則著　1、500円
子どもの話をじっくりと聞ける学校。福島の子どもから学んだ、学校のあるべき姿。

419-2
保護者と仲よくする5つの秘訣
今関和子著　1、400円
なぜ保護者とのトラブルが起きるのか。子どもの生きづらさ、親の生きづらさに寄り添う。

563-2
子どもから企画・提案が生まれる学級
◆集団づくりの「ユニット」システム
関口武著　1、600円
子どもの願い、要求を実現させていく、子どもの提案いっぱいの学級づくり！

この出版案内の表示価格は本体価格で、別途消費税が加算されます。

◈ 思春期の心と体を見つめる ◈

614-1
どうなってるんだろう？子どもの法律
山下敏雅・渡辺雅之編著　2、000円
学校、バイト、家庭などで子どもが困難に直面したとき知っておきたい法律問題36本。

687-5
どうなってるんだろう？子どもの法律 PARTⅡ
山下敏雅・渡辺雅之編著　2、000円
知っておきたい法律・人権のことを質問に答える形式で具体的に分かりやすく解説する。

648-6
「道徳教育」のベクトルを変える ◆その理論と指導法
渡辺雅之著　2、000円
道徳を「教科化」した文科省。その背景と今後出てくる問題点を示す！

541-0
いじめ・レイシズムを乗り越える「道徳」教育
渡辺雅之著　1、500円
歪んだ愛国心を植え付ける道徳の教科化。元中学教師が示す道徳教育実践の数々。

126-9
思春期・こころの病
●その病理を読み解く
吉田脩二著　2、800円
思春期の様々な心の病理をもとに総合解説した初めての本。

222-8
若い人のための精神医学
●よりよく生きるための人生論
吉田脩二著　1、400円
思春期の精神医学の第一人者が、「自立」をめざす若い人たちに贈る新しい人生論。

664-6
暴力を受けていい人はひとりもいない
阿部真紀著　1、200円
子どもへの虐待・いじめ・デートＤＶに取り組んだ20年の記録。

085-9
人はなぜ心を病むか
●思春期外来の診察室から
吉田脩二著　1、400円
人間らしく生きるとはどういうことか、精神科医の著者が熱い言葉で語る。

397-3
ひきこもりの若者と生きる
●自立をめざすビバハウス七年の歩み
安達俊子・安達尚男著　1、600円
ひきこもりの若者らと毎日の生活を共にしながら、彼らの再起と自立への道を探る。

141-2
不登校 ●その心理と学校の病理
吉田脩二＋生徒の心を考える教師の会　3、200円
思春期精神科医が、不登校の本質を解き明かし、背景にある学校の病理を示す。

226-6
不登校のわが子と歩む親たちの記録
戸田輝夫著　1、700円
わが子の不登校に直面し絶望の中から新たな人生へ踏み出していった親たちの記録。

201-3
あかね色の空を見たよ
●5年間の不登校から立ち上がって
堂野博之著　1、300円
小5から中3まで不登校の不安と鬱屈を独特の詩と絵で表現した詩画集。

171-9
いじめの心理構造を解く
吉田脩二著　1、200円
自我の発達過程と日本人特有の人間関係の視座からいじめの構造を解き明かす。

393-5
若者の心の病
森　崇著　1、500円
若者の心の病はどこから生まれるのか？　全国でただ一つの「青春期内科」のレポート。

244-0
まさか！わが子が不登校
廣中タエ著　1、300円
まさかの事態、不登校。揺れ動く心を涙と笑いで綴った母と息子の詩画集。

278-5
保健室は今日も大にぎわい
●思春期・からだの訴え・心の訴え
神奈川高校養護教諭サークル著　1、500円
恋愛・性の相談・拒食…日々生徒たちの心とからだに向き合う保健室からの報告。

300-3
いのちまるごと子どもたちは訴える
田中なつみ著　1、500円
なぜ子どもたちはこれほど保健室を必要としているのか？　ベテラン養護教諭の記録。

216-7
学校はだれのもの!?
広中建次・金子さとみ　1、400円
高校生の自主活動を押しつぶすのは誰か。所沢、尼崎東、桂高校のたたかいを描く！

この出版案内の表示価格は本体価格で、別途消費税が加算されます。

◈心を豊かにする詩の世界◈

455-0
子どもと読みたい子どもたちの詩
溝部清彦 編著　1、500円
心情豊かに綴った114編の子どもたちの詩。

299-0
中・高校生と読みたい **若い日の詩**
高文研編　1、700円
中高生たちの心に届けたい82編の詩。

255-6
高校生 川柳 狂歌集
カンニングやりて空しき家路かな
高文研編／芝岡友衛画　1、400円
心情を笑いに包んで詠んだ418編。

461-1
CDブック 獄中詩集 壁のうた
冤罪・布川事件　桜井昌司著　2、000円
43年振りに再審無罪を勝ち取った冤罪・布川事件。29年の獄中で綴った詩集。

546-5
詩の力「東アジア」近代史の中で
徐　京植著　2、400円　徐京植評論集Ⅱ
朝鮮の詩人たち、母、プリーモ・レーヴィをめぐる著者初の詩と文学の評論集。

くにとっては、かけがえのない経験だったと思う。とても粗削りではあったけれど、物事の本質を探そうとする眼差しを自分の中に確かめられたからだ。

そしてそれは、Ｎさんの言葉から始まったことを忘れてはならない。

きっと、もっとやれることはあったんです

ぼくが教育実習に通ったり、ぼくの恩師の勤務校で音楽活動の拠点だったりした渋谷区立広尾小学校の真向かいに、土岐さんという方の屋敷があった。そこに大きな欅《けやき》の樹が生きていた。

夏に水泳の指導員などをしていると、欅を愛する蟬たちが集うサマフェスの大音響に驚かされた。欅から真夏の日差しが放射されているのではないかと錯覚するほどだった。

でも、欅は住人を喪い、屋敷も取り壊されることになっていた。バブルの再開発の延長線上の出来事だったはずだ。欅の樹も地元の人々から惜しまれながら、切られてしまった。

切られた樹を有志の人たちが手分けして持ち帰り、染色や椅子などの家具、美術作品、衣服などに「変身」させた。

土岐小百合『一本の樹からはじまった』（アリス館、一九九四年）は、そのことが書かれた本である。ぼくは、学級の全員に購入し、この本を共通教材にした。若い頃、そして中堅の頃を貫いて、「国語総合」（教科としてつけたい力を総合的に発揮できるような単元学習）という現地取材と座学をミックスさせた学習活動を展開させていた。

「総合的な学習の時間」（従来の教科学習では網羅できなかった領域の学び）のように教科の特性や枠を超越した学びの必要性がずっと前からあったわけなのだ。

まずは、一冊の本を全員が何時間もただ黙々と読んだ。

独りの時間。

個を築く大切な蓄えの時間である。

そして、切られた欅の再生物語を辿ってゆくプロジェクトを子どもたちと築いてゆくことにした。

ある時は、人を訪ねた。

ある時は千鳥町公園に行って、ベンチに座った。

欅の生まれ変わりである。

ところがたったひとりYさんだけは、納得がゆかない。あらゆる取材に関わりながら、「生まれ変わりなんて人の勝手な都合ではないのですか？」と問い続けた。

彼は、自分の考えや思いを語るうちに、愛着が強過ぎるからこその言葉を繰り返し、クラスメイトに問いかけるのだった。千鳥町公園のベンチに座った時、ずっとそこに佇《たたず》んでベンチの端を撫でているYさんをぼくはそっと見守っていた。彼は言った。

「これからも、いえ、いままでもこういうことはきっとあったと思います。ぼくたちの地元の東芝タンガロイ（かつてJR南武線鹿島田駅前に隣接していた工場）の再開発の時も桜が切られではないですか。ぼくも含めて、移植するとか何らかの方法はあったはずだし、きっとさ、もっとやれることはあったはずですよ。だから、ぼくは悔しくて。作品になったり本になったりそれはすごく大切なことだと思う。ぼくだってわかるよ。でも、切られたらこのようにやればいいんだ、みたいなかたちだけが伝わっていったらすごく嫌なんだ、それだけは嫌なんだよ」

彼は大粒の涙を流して言葉を詰まらせた。拍手の代わりに長い沈黙と涙の連鎖が起きた。

ぼくの授業で唯一、沈黙のまま終えた授業だった。

人の心がけひとつにあるんだなって

先述したように、総合的な学習の時間が実施される前から、「国語総合」とか「先行研究」を通して、物事の本質的な事柄にアクセスするような学習を迷いながら求めていた。

「このまちに暮らして」という単元学習は、まちの中にいて、草笛や草細工、手遊び、昔話の語り、手作り園芸などの伝承を地道に行っている人と知り合い、交流するものとして始まった。そして、授業が終わっても個々の子どもたちが地域のひととの関わりを続けている様子を見て、皆で歓びを感じていた。

そこから続く単元構成の後半を考えていた時に、子どもたちがつながったまちの人たちとのふれあいをどこかもっと大きな広場のようなところに集約できたらいいなあ、と閃《ひらめ》いた。

実は、ＪＲの新川崎駅の付近は、旧国鉄時代の操車場が残っていた。そこの広大な土地を慶應義塾大学と川崎市が共同でＫ２タウンというエリアをつくる計画が当時進行していた。その前段階で、市民を集めて定期的な懇談会を実施していることを知ったのである。

それはどんな広場がより良いかという話し合いだった。学区からはずれているが、ぼくが初任校で勤めたまちに隣接するエリアだった。この懇談会に子どもたちと参加し続けた。

でも、そこへ参加する前に、いろいろな仮説や検証をするのだ。

伝承遊びや昔話の語り部とふれあう広場をつくりたいと子どもたちは構想した。屋内と屋外の両方で活動できるようにしたいと考える。すると、屋外だったら小さな森が必要になる。そこで「どんぐりプロジェクト」と称して動き始めた。地域の人たちと力を合わせて実行に移す。いまでもその森は健在である。

「時々懐かしいどんぐりの森を散歩しています」

自分の子どもを連れて出かけているという教え子から、ダイレクトメールをもらうこともあった。

いまでもそのまちに暮らしているのだ。

何だか嬉しい。

花壇をつくる計画も実現してゆく。

子どもたちは活動と計画を同時に進めながら、「誰でも利用し、ふれ合える広場」の視点からバリアフリーに目が向いていった。そこで現実問題としての「スロープの傾斜角」に行き当たった。

子どもたちは、車椅子を使ってまちの中を移動してみたいと提案してきた。子どもたちだけで、先生は二〇メートルくらい後方から見守ってほしいと言うのである。土日に有志を募ってはまちを散策することが繰り返された。車椅子に乗った子どもたちは、商店街にある段差が普段の何倍も意識されることに気づいた。しかも、自分の両足で歩いている時には平地だと思っていた商店街の道路は予想以上の傾斜があることを感じていた。

ぼくは手助けしたい衝動を抑えながら見つめていた。すると、まちに偶然居合わせた人たちが、子どもの乗っている車椅子を押したり、声をかけたりする場面に何度も出会った。

商店街の端から端までの数百メートルの移動で子どもたちは息を切らしていた。その活動を終えたTさんが顔を上気させて呟《つぶや》いた。

「先生、私、バリアフリーって段差をなくすとか、傾斜の角度を緩やかにするということだけだって思っていたのです。あと、点字ブロックに駐輪しないとか。でも、いちばんのバリアフリーって、周りの人の手助けの心ひとつにかかっているのだなって思いました」

まっすぐな言葉の発露。

こんな大切なものを人は、いつからどこに、置いてきぼりにしてしまうのだろうか。

そうさせるものか、とこの瞬間に思ったことがつい昨日のようだ。

Ⅶ　自責や自縛とは異なる歩き方

ぼく自身がそうであったように、真矢さんの自死は、「生き／残る／人」それぞれの立場や関係性や思いの中で、自分を責め、縛りつけ、結果として自分の命をある意味で追い込み傷つけてしまっているのではないかと想像する。でも、それは真矢さんの望みではないだろうと思う。

これからも、どんなに時間が経過しても、悲しみが消え失せることはない。

ぼくが、義務感を「命の使い方」という心の持ち方に変換したように、それぞれの思い方で、真矢さんの死生と共に歩いてゆけるようになってほしいと願っている。

そのことを考えるうえで、篠原宏明さんと真紀さんのことを少し書いておきたいと思う。

篠原宏明さんと真紀さん

真矢さんの同級生たちが高校三年生になった夏のことだった。

真矢さんが遺書に名前を書いた生徒の一人が、高校野球をずっと続けていたことを同級生から聞いていた宏明さんは、どんな生き方を、野球を通してしているのかが気になっていた。

ある日、妻である真紀さんに「試合を観に行ってくる」と告げた。真紀さんは、「あなたがそう思うなら行ってらっしゃい」と背中を押してくれたそうだ。

宏明さんは球場の目立たない席の位置を選んでスタンドで観戦することにした。でも、何だか出塁するとその選手が塁上で自分に向かってガッツポーズをしているように見えた。

「まさか、わからないよな」

そう思いながらもことあるごとに何だか気づかれているように感じていた。

日時は巡り、次の試合も観戦した。

その試合で敗戦した彼のチーム。

試合後、球場外の広場で応援団や観客、家族に挨拶する選手たちの様子を木陰から見守っていた宏明さん。

「そろそろいいかな」

そう思って、球場を背に帰宅のために歩き始めた。すると背中の後ろから駆け足の足音が近づいてきた。はっとして振り返ると、宏明さんがその生き方を観に来ていた選手本人だった。

「篠原さん、応援ありがとうございました！」

礼をしたまま、彼は頭を上げない。

その背中は震えていた。

宏明さんは静かに語った。

「頭を上げなよ。試合見ていたよ。頑張っているな。これからも頑張れよ」

二人は思わず握手し合ったのだ。

帰宅して真紀さんに試合や試合後の出来事を報告すると、真紀さんは宏明さんにこう伝えた。

「夫として人として尊敬するよ」

自分の息子を死に至らしめたかもしれない相手の人生に目を向ける。もしかしたら、真矢さんが野球を続けている姿を、彼の中に探したのかも……とも想像した。その真意は、当事者しかわからない。

真矢さんを喪ったばかりの頃は、復讐心や報復の心理が芽生えても然るべきだ。自分の身内を不条理な出来事で喪うことの苦しみをそう簡単に「わかります」なんて言われてたまるか、と思うはずだ。心の全部が怒りや憎しみに染まっているかもしれない。

でも、宏明さんは、「真矢がいつまでも怒り狂い、自身や誰かを責め続けるだけの私や妻をみた時に、多分、うれしくないはずなのです。喜んではいないはずなのです」と呟《つぶや》いた。

宏明さんがとった行動は、そんな自分自身を未知の新しい次元に連れてゆくための大いなる試みであったと、ぼくは学んでいる。

そしてこの挑戦こそ、「生き／残る／人」にとっての大きな指針になり得ると考えている。地域に住む人の中には、それぞれの立場の当事者と知り合いの人が暮らしている。その中で自分がどう立ち振る舞ったらいいのか悩んでいた人もいた。一方的なものの見方しかせずに、篠原宏明さんと真紀さんが、講演で加害者の悪口を言っているというデマを信じてしまいそうになったという人の声を、ぼくは聞いたことがある。

でも、真実はまったく違う。

ひとりでも多くの、いじめや不条理な指導などで自分の命を自ら絶つ子どもが減り、思い留まることを祈るような気持ちで抱きしめて、講演活動に踏み出しているのである。

このことだけはぜひ、知ってほしい。

そして、ここに書いたような逸話は、当事者であるご本人たちは、決して自ら話さない。だからこそ、ぼくのような「準当事者」のひとりが語ることが肝心なのではないだろうか。どんなに調査委員会でぼくが力を尽くしても、ぼくは当事者にはなれない。でも、精一杯の想像力を働かせ、感受性の感度を意識して高めることはできる。それは当事者に準ずる存在になり得る。だから「準当事者」なのだ。

当事者には、当事者だからこそ語らないことや語れないことがある。その配慮を欠いた時、亡くなった人の命を再度、奪うような卑劣な道にぼくたちは進んでゆくのではないだろうか。だからこそ、「準当事者」としての意識を具体的に育むことが問われているのである。

月命日の「七日」。

篠原宏明さんと真紀さんは、真矢さんの同級生や後輩、まちの人も含めて拒まず迎えてくれる。墓碑には、名を告げず花が添えられている。肉体の死があったとしても精神の生は、「生き／残る／人」との関係性によって生き続けることをぼくたちは知っている。

命への尊厳は、そのような真心の共同体に宿るから、尊いのではないだろうか。

同調圧力の中を生き抜く知恵

ツイッターやグループＬＩＮＥが体現する「ネット世間」は、ＳＮＳの頭文字を「世間」と読み間違いさせる状況をしばしば露呈している。

人間関係が構築される過程で、質はともかくとして、そこには関係性の「強弱」が生まれる。お互いの人間性や命の尊厳への敬意が土台にある関係性であれば、その「強弱」は、「日本的お愛想」で留まるだろう。ところが、発信力の強い誰かの論調に同調しないと物事が進まないような風が吹き始めると厄介だ。そこに同調性が生まれ、違いや異なりが生まれづらくなる。そうなった時、関係性の原動力の主役に、同調圧力が抜擢されることになる。主役の名は「ウチラ」。ウチラの反対はソトやヨソものと呼ばれている。これは、SNS時代より遥か以前からあるものだ。携帯端末は、日本的世間にとって格好の「世間ネットワーキングシステム」になってしまった。

ぼくの元に届くいくつかの相談には、中高大生を中心に、ツイッターのウチ世間からヨソものとして排除されていることやグループラインで異なる考えを言って浮いてしまったことによる悩みが寄せられてくる。

そして、その悩みの多くは、「もう生きてゆく希望や居場所がありません」というものがほとんどだ。また、「本当の自分を見失いそうです」という言葉も目立っている。

この疎外された、孤立したような感情は理解できる。その一方で、感情と切り離してもっと冷静に自分の居場所を具体的にふりかえってみない？　と問いかけることがある。

そもそも「本当の自分」って何だろう？

フランスの哲学者であるジル・ドゥルーズは、個人をひとつの塊ではなく、「分人」という考え方で分割させて捉えることを提唱した。

「個人」に当たる「individual」という英単語の意味は、「分けることが不可能」という意味である。個人は分割できないという意味である。ドゥルーズは、「個人」が分割されることによって、その性質を変化させる「可分性」となり得ると言っているのだ。つまり、ただひとつの「個性」にこだわり過ぎず、状況や相手によって、「多様な分人」を生き分けるような人生の歩き方を示しているのである。


ぼく自身を例にして考えてみよう。

ぼくは小学校教諭をしていた。

さらに、その教諭としてのぼく自身を「切り分けて」みる。

ひとつには、教材を開発しつつ、対話的な授業って何だろう？　と問い続けてきた人として。別の視点からすると、学級だより「言の葉なべだより」をつくって、毎年一〇〇号くらいの中で子どもの作文や詩、ぼくのコラムなどを掲載する人として。また、児童支援コーディネーターや管理職などの同僚たちとの密な関わり合いを大切にする人として。

これだけでも「小学校教諭としてのぼく」は三つに分けられた。つまり「人を分ける」＝「わけびと」として自分の営みを捉えるのである。そして分けられた一つひとつを「島」に喩《たと》えてみよう。

今度は、クラリネット奏者としてのぼく。東山小学校や広尾小学校、道塚小学校などの卒業生たちで運営している「NO　FOXオーケストラ」や「サウンドアンビション楽団」の活動が解消あるいは縮小されてゆくと、ぼくは、職場の同僚や保護者と力を合わせるようになった。読み聞かせと音楽を重ねた表現やミニコンサートを行った。また、作曲家の川崎龍さんが小学校六年時に立ち上げた楽団クラブの顧問を担っていた。川崎さんは、当時から優れた才能を発揮し、運動会の入場ファンファーレを作曲するなど魅力の光を放っていた。この音楽活動だけでもやはり三つ以上の「島」が在る。

この他にも「本好きのぼく」や「映画好きのぼく」「美術館好きなぼく」「豚骨ラーメン好きのぼく」などをそれぞれ切り分けてゆくと、相当な数の「島」を見出すことができるだろう。どんなに些細なことでも「島」は誕生することを忘れないでメモしたい。

さらに、肝心なことは次の段階である。

「切り分けた島」の中で、すごく息詰まっている「島」、引っかかっている「島」だけに下線をつけたり、色を塗ったりしてみる。

すると、色が塗られていない「島」が圧倒的に多いことに気づくはずだ。自分が悩んだり迷ったりしていたことは、実は、自分の生み出してきた「島々のほんの一部」に過ぎなかったことがわかる。

すると、「ひとつの島の営みが思わしくないなら、別の島の活動に重点ポイントを移してみようかな」という発想の転換につなげる可能性が見えてくるかもしれないのだ。状況が好転したと思ったら、また気になっていた「島」に戻るのも良いだろう、しばらく戻らないのも良いだろう、気にしつつも戻らない選択もありなどと、割り切って考えることに自分自身を慣れさせてゆく。

実は、ぼくは、こういうことがとても苦手だった。今でもそんなにタフではない。でもこのように「島々」を渡り歩く感じをもてるようになってから、ずいぶん自分の内なるコンプレックスと共に生きてゆけるようになってきた気がしている。

グループラインやツイッターのウチワ世間の中でちょっと異質なことを言って炎上したと悩んで心と命のエナジーを浪費し、疲弊するくらいなら、別の「島々」にしばらく移住したり、旅をおもしろがったりした方がより良いだろう。そうしているうちに炎は知らぬ間に消えているものだ。だって、人の悪口を言って炎上させて勝ち誇っている人はそのこと自体が目的だから、別の「島」が燃え上がればすぐに移動するだろう。だから、炎上した「島」にいつまでも住み続ける必要はまったくないのである。

その固執や自縛から解き放たれて、そういう「良い加減な島の間を渡り歩く旅人」をイメージして、自分の心や命の経営者になってみてはいかがだろうか？　と自問しつつ、伝えたい。

「本当の自分」がもしあるのだとしたら、そうやって切り分けた「分人」の総体としての「自分」を指しているのではないだろうか。

若者の自律や成長に必要な支援者の寛容さ

ぼくは、口承文芸学者の小澤俊夫さんや作家であり民俗学の研究者である中脇初枝さんが「再話」（その土地の言葉で語り部が語る昔話を再現）として取り上げている昔話の数々を読むのが好きだ。そして、授業でも何度となく取り上げてきた。

例えば、三年寝太郎や桃太郎の昔話の中には、用水路をつくったり鬼退治に行ったりする物語とは異なり、鎮守の森の神様に成りすまして長者を欺《あざむ》き、娘と結婚するとか、山仕事をごまかして断り続け、行ったら行ったで、怪力で暴れるなどの話が語り継がれている。

また、屁こき（強烈なおならをする）の女性が主人公になるような、一見すると世の中で邪魔者扱いされがちな人物を描いた昔話が様々な土地、土地で語り継がれている。

ぼくは、これらの話を声に出して子どもや自分自身に聞かせるたびに感心する。それは、その土地、土地でどんな若者も受け容れて認めてやる眼差しのあたたかさに対してである。ちょっと変わっているような人。一見役立たずに見える人だけれど、大人が諦めずに声をかけ続けたら何とかなるものだよ、という寛容さが良い。それを大切なことだよ、大事にするのだよ、と口伝えに引き継いでゆく文化の根本に、とても広い自他理解の受け皿が感じられて何とも心地よいのだ。

ぼくが昔話を教材に取り上げ続けるのは、時代を超えた普遍的な日本人の、いえいえ、人間の「お互い様精神」が見事に宿っているからに他ならない。そして、昔話は、オノマトペ（擬音語や擬声語、擬態語）やおまじないのように五感や第六感とつながった「実《じつ》の在る言葉」とも密接にかかわっているように思われる。土地言葉は、昔話の語り部が独自の土地の物語を受け継いできたように、喪わせてはいけない大切な文化の根幹のように思える。

そんな言葉や物語に包まれて育った子どもの多くが他者をいじめ抜いたり、いじめ抜かれたりすることを黙って放置し続けるとはどうしても思えない。ぼくが知り合った、読み聴かせボランティアをする人や読書活動をする人たちの多くは、そんな願いを胸に秘めて活動しているのだ。

若者が、自分の自己存在の在《あ》り処《か》とも言える「島々」を増やし、そのことを自覚しながら、世間という名の「島」の間を自らの意志で渡り歩けるように、大人がその道標としての「語り部」になってあげたいと、ぼくは近頃、特に強く思いを馳せるようになった。

生き方報告書は誰でも綴れるはず

篠原真矢さんは、自分の苦悩や葛藤を詩歌や物語に重ねるという、人間的な「昇華」を実践することで、自己矛盾の苦しみから解脱しようと試みたことはすでに書いた。

ぼくは彼のこのような「生」の在《あ》り方から学べることがあると知った。その思いや「生き／残る／人」の姿勢は、故人への供養と同時に、生者から死者になった篠原真矢さんともう一度、一から再会し、共に生き直すひとつの死生の在《あ》り方だと確信している。

さらに、真矢さんは、自分の「生」を全うし、最期まで他者を励ますような言動や行動を絶やすことがなかった。そういう眼差しから見ると、真矢さんは身体こそ亡くなっているけれど、いまだに「精神的な死」には至っていないとぼくは思っている。だから、家族や友達、まちの人々、そして真矢さんのことを少しでも知った全ての「準当事者」の一人ひとりにとって、真矢さんの精神はいまも生き続けている存在なのだと改めて考えている。

「生き方報告書」への視点の変換に至った背景には、このような願いが通奏低音のように響きつづけていた。


篠原宏明さんがぼくに言ってくれた言葉が忘れられない。


信二先生、こんなことを言ったら誤解されるかもしれません。でも言いますね。私は真矢が亡くなる前よりもいまのほうが幸せです。

だってね、いままでの人生でこんなに命のことや生きることを真剣に考えたことはありませんでした。あいつのおかげでこんなにしあわせを感じられるのです。他者の傷《いた》みも前よりずっと感じられ、考えられるようになったのです。ただ……あいつがいないということだけが心残りです。

この言葉を「わかります」なんて軽口で覆いたくはない。言葉が染み渡り、湧き出るまでにどれだけの悲しみや悔しさ、憤りの感情がとけていることだろうか。

そして、これらの悲しみは、いつまでも消え失せることはなく、なくなっていなかったけれど、ずっといままでもそこにあるのだけれど、それを包み込む何かを、宏明さんは手にしたのだと思う。

ぼくも「語り部」のひとりとして、真矢さんと共に悩みながらも、世間という名の「島々」を渡り歩いてゆく賢さを、いつまでも学んで生きてゆこうと思い始めているところだ。

何度も言いたい。

真矢さん、本当にありがとう。

あなたの死生は、ぼくの命と共に歩いているのだと。

「クリスマスの物語」へのオマージュ

童話「夏の鈴と鬼の手」

二〇一四年に、篠原真矢さんの物語づくりの意思を地道に引き継ごうと童話をひとつつくった。

真矢さんの死生をどのように周囲の人たちに伝えるのか？

ぼくがとても悩んでいる時期で、その葛藤の強さと比例するように、一気呵成《いっきかせい》に綴《つづ》ったことだけは覚えている。きっと、真矢さんと一緒につくっていたのだと思える。

いつか、ぼくの教え子が、この物語に絵を描いて世に出せたらいいなあ、という夢もあった。

でも、その前に、真矢さんに献呈したいと願う。

あと何篇か物語を書いて、「クリスマスの物語」も併せて、短編童話集をつくるのはどう？

真矢さん。

ぼくたちの夢は、
きっと、
叶《かな》えられるためにあるのだ。

夏の鈴《すず》と鬼の手

夏鈴《かりん》が、ぽんぽこ山という里山の残る「若葉ヶ丘」という街に転校してきたのは、八月の夏の真っ盛り。日ざしの強さと比べて、夏鈴の心は、どんよりと曇っていたある日のことだった。

夏鈴は、前の学校でいじめられていたクラスの女子をかばって、今度は自分がいじめられた。とことんいじめぬかれたのだ。

夏鈴は、教室では感想や意見など自分の考えをはっきりと言うタイプだった。むだに見えることや人がいやがるようなことでも積極的にやる子だった。

でも、そのことがあってから、進んでものごとに取り組んだり目立ったりすることをやめようかどうか、心がもがいていた。やめたら、自分が自分でなくなってしまうとも思えた。

だから、苦しかった。

どうしていいかわからなかった。


学校は夏休み。

といっても、新しい街で友達もいない。

夏鈴は、前に住んでいた街でも散歩が好きだった。このあたりではすっかりめずらしくなってしまった里山という昔ながらの風景が残っているという「ぽんぽこ山」に行ってみよう、と思った。


「すぐ実行するのはまだ私っぽい」

夏鈴は、ひとりごとをつぶやいて、一瞬クスッと笑ったけれど、それをポケットにしまうようにまたどんよりとした気持ちにもどってしまった。

夏鈴は、まぶしい夏の空を見上げながら「ふうっ」とため息をひとつ、ついた。

「なつのすず」と書いて「夏鈴」。

夏は、生まれた季節だから、大好きだったはずなのに。

「ぽんぽこ山」には、つい最近まで、たぬきがいたらしい。でも、山の南側のマンション建設が続き、いまでは、ほとんど見かけなくなったとお母さんが言ってたっけ。

「ぽんぽこ山」の頂上らしきところに広場がある。

こもれ日が、きらきら気持ちいい。

夏鈴は、思いっきり背のびをしていた。こんなに自然に、素直にのびのびと背のびをしたのは久しぶりな気がして自分でも意外だった。


広場をゆっくり歩いていると、大きな一本の樹が目にとまった。

その樹は少し変わっていた。

根っこがむき出しになっていて、何と大きな岩をその根っこが、抱きかかえているように見えたからだ。しばらく、ぼうぜんとその樹を見つめていると、散歩中のおばあさんが、夏鈴に話しかけてくれた。

「この樹はね、トチノキですよ。びっくりしたでしょ？　今から百年以上前の大雨でね、ほら、あの横のがけがくずれて、あの大きな岩がトチノキにぶつかったそうよ。たおれかけたけれど、トチノキはふんばったのね。

ぎりぎりのところで、根っこごとあの岩にしがみついたのよ。それで、生き続けているのね。昔は、みな大切にしていた樹だけれど、新しい人がたくさん住み始めて忘れちゃったのね、大切なことを。いまでは〝鬼の手〟だなんて言われてね。かわいそうだけれど……この場所はね、近いうちに公園として整備されるのよ」

「教えてくださってありがとうございます」

夏鈴は、小声で、ささやいた。

そういえば、「ありがとう」って誰かに言ったのも久しぶりだったなあ、とふと思う。

夏鈴は、何気なしに〝鬼の手〟に話しかけてみた。

「鬼の手さん、初めまして。私は夏鈴です。小学校五年生の一一歳です。でも、私、夏がきらいになりそうだったの。鬼の手さんは、夏は好きですか？」

「わしは、夏だけではなく、一年中が好きじゃよ。特に、夏は、子どもたちが元気だから大好きじゃよ」

「えっ？　なになになに？」

「びっくりしたかい？　夏鈴ちゃんにはわしの声が聞こえるんじゃな。すごい、すごい。昔は、もっとたくさん聞こえる子がおったがのぉ」

「こ、これって幻じゃないのですか？　私……本当に壊れちゃったのかな？」

「きみには、聴こえるんじゃ。だからこわがらなくていいのじゃよ」

夏鈴は、ジブリのアニメの主人公がそうするように、ほっぺを思いっきりつねった。

「痛い！　うそじゃない！」


びっくりしてどうしていいかわからなくなってしまった夏鈴は、その日は、あわてて家に帰った。お母さんに話そうか迷ったけれどやめた。これ以上、心配をかけてもいやだから。これ以上面倒をかけたくなかった。

「そうやってまた自分の心に蓋《ふた》をかぶせるのかなあ、私って……」

夏鈴は、少し興奮してその夜は、なかなかねむれなかった。

でも、自分を責め続けてねむれなかったこの何カ月もの夜とは、明らかにちがう夜だった。


翌日、夏鈴は、最近ではめずらしく、早起きをしてお母さんをおどろかせた。そして、みちびかれるようにポンポコ山の広場にむかった。

「お、鬼の手さん、起きていますか？　おはようございます……」

「やあ、今日はまた早起きで感心じゃのう」

「やっぱり本当だったんだっ。は、はい。あの、また会えてうれしいです」

「わしもじゃよ」

夏鈴は、トチノキと話しながら、とても素直な自分にもどれていることにおどろいた。

でも、それはぜんぜん悪い気分ではなかった。

「あの、その、とつぜんですが、これから、私の話し相手になってもらってもいいですか？」

「もちろんだとも」

「あっ、鬼の手さんのこと、その、何てよべばいいですか？」

「年がいもないと笑われそうじゃが……、トッチーとよんでもらってもいいかのう？」

「はい、よろこんで、トッチー！」

「いい響きじゃのう」

そうやって、夏鈴とトッチーとの心のふれあいが始まった。

夏休みが終わり、夏鈴の新しい学校生活も始まった。

夏鈴は、よけいなことを言ったりやったりしないように用心して、一週間をすごした。皆、ふつうにやさしく夏鈴に声をかけたりあいさつしたり、教えたりしてくれた。のんびりした感じの教室の空気は悪くないと、夏鈴は思った。でも、自分から進んで意見を言うことや友達を助ける「らしさ」は、あいかわらず息をひそめていた。そんな自分を夏鈴は、決して好きではないのに。

学校が終わると、すぐに教室を飛び出して「広場」にむかう。

トッチーと出会ってからの毎日の出来事になっていた。

「新しい学校にはなれてきたよ」

「いい友達はできたかい？」

「皆、親切にしてくれるよ。でも」

「でも？」

「うん、いじめもないみたいだし、それを望んでいたはずなのに、かんじんな自分がどこかに行っちゃったみたいな」

「ほう」

「変な感じなの」

トッチーは夏鈴の話をていねいに聴いてくれる。でも、押しつけるような意見を言ったりはしない。それが夏鈴にはとても楽だった。だから何でも肩の力をぬいて話すことができた。でも、ひとつだけ気づいたことがあった。トッチーは、夏鈴の心がゆれ動いていることがわかると、何も意見しないかわりに夏鈴の言葉をなぞる様に何度かくり返すのだ。夏鈴のもやもやした気持ちをできるだけ言葉の形にして確かめさせているようなところがあった。でも、それも、全然いやではなかった。

新しい学校では、総合学習のテーマが「私の若葉ヶ丘を教えます」だった。先生は「愛着」とか「自分事」という言葉が大切だと、何度もくりかえす。「大切だって思う強い気もちのことですよ」と、先生は話していた。

夏鈴の「自分事」や「愛着」は、トッチーのいるポンポコ山。でも、心の交流ができるトチノキのトッチーをしょうかいします、とは、さすがに言えないし、書けないし……困ったなあ、と考えこむ夏鈴。

来週の「総合」で決めたテーマを一人ひとり発表するらしい。

公園整備のための工事が始まったのは、ちょうどその頃だった。

土砂が掘られ、草がむしられ、少しずつ立ち入り禁止の場所が増えてきた。


「トッチーも切られてしまうの？」

「ああっ。仕方がないのぉ」

「そんなの変だよ。私の大切な友だちがむりやりじゃま者あつかいにされちゃうなんて。前の学校のいじめと同じだよ。今度も見てみぬふりを私はぜったいにしないからね」

「ほほほほっ、夏鈴ちゃんずいぶんたくましくなってきたな。きらきらして見えるよ、いまの夏鈴ちゃんは」

「トッチー、私にできることってきっとあるはずよ。そうでしょ？」

「……」

「ねえ、トッチー！」

「夏鈴ちゃんと友達になれただけで十分じゃよと言いたいところだがなぁ。本当のことを言うと、わしはね、自分がこの山で生きてきた〝しるし〟を残したいんだ。からだは、死んでしまってもね」

「……わかった。私考える。ううん、考えて動くから。待っていて。約束する。指きりだよ」

夏鈴はトッチーの枝と自分の小指を結んでちかった。

「総合」のテーマ発表の日がやってきた。いよいよ夏鈴の番だ。

「……鬼の手の樹をこれからも、つまり……切られてしまった後も大切にしていくことって、私たちのそばにおいてふれ合い続けていくことって、できないのかなって本気でなやんでいます。でも、具体的にどうしていったらいいか迷っていて……時間がないんです。あの……今日は、ぜひ、皆さんに考えをききたくって……」

夏鈴は、目に涙をいっぱいうかべていた。気がつくと教室からは、拍手が自然な風のように響いていた。そこにはまったくわざとらしさはなかった。でも確かな応答だった。夏鈴は自分の中に熱いいのちの手応えが泉のようにわき出てくるのを感じていた。

自分でも戸惑うほどに。

翌朝、夏鈴が転校した初日から親切に声をかけてくれた美保《みほ》と、街のラグビークラブに所属する体格のガッチリした朔太郎《さくたろう》が、夏鈴のもとにとんできた。

「ねえ、夏鈴ちゃんの昨日の話ぐっときたよ。それでね、昨日の夜おじいちゃんにも夏鈴ちゃんのことを話したの。おじいちゃんが子どもの頃は、街の人はトチノキのことを大切にしていたんだって。ご神木《しんぼく》って言うのかな。でも、近頃はおじいちゃん自身もバチあたりなことをしてしまったって反省していたよ。そこに樹が生きていることが当たり前の景色みたいになってしまったって言ってた。うちのおじいちゃんね、樹をつかった彫刻をつくる職人というか芸術家なんだよ。家具だってつくってるの」

実際、美保の家の中は、おじいちゃんの手づくりのいすやテーブルがたくさんならんでいて、まるで家族みたいだった。

「おれのお父さんも子どものころ虫とりやかくれんぼをした大切な場所だって言ってたよ」とは、朔太郎。

「ねえ、いっしょに手伝って！　お願い。時間がないの」

「もちろんだとも」と、トッチーのような返事がふたりからかえってきた。後はやるだけだと夏鈴は思った。

それから夏鈴たちは、美保の家に集まることにした。「総合」はチームで取り組むことになったのだ。頭文字をならべて「チームＳＫＭ」と名づけた。毎日美保の家に集まり、その帰りに夏鈴は、トッチーと時間ぎりぎりまで話をする日々。トッチーは生まれた時からの「歴史」をやさしく夏鈴に伝えた。それは樹としての自分の生い立ちの話の時もあるし、トッチーが出会った生きものたちのこと細かな物語の時もあって、夢のような時間だった。夏鈴は、その一つひとつを大切に、決意をもって聴いていた。

自分は長生きしているが、いつもみていたいのちは次々に巡ってゆく。時には、自分だけが森の中に取り残されてゆく孤独が悲しかった。でも悲しんでいる間もなく、新しいいのちが枝葉や幹を必要としてやってくる。だから、それに応えようと張り切ることでこれまで何とかやってこれた、と語るトッチーはとても誇らし気だった。それでいてとても哀し気だな、と夏鈴はいつも気づいて口には出さずに受けとめていた。

夏鈴も自分の生い立ちや、家族や先生の期待に応えようとちょっと頑張り過ぎるところがある性格などについて何もかも話した。いじめられていた女の子を助けたこと。その子がいじめている側に回って、自分のことを集団でいじめぬいた場面の話を一つひとつ描写するようにすべてさらけ出した。とても生々しかった。

夏鈴もトッチーも充分に傷ついてきたのだ。

二人は、お互いを理解し、受け容れ、そしてゆるし合ったのだ。

切られる日はいよいよ明日にせまっていた。

トッチーは長い間この山と街を見守ってくれた「恩人」だったはずだ。

では、恩人なのになぜ切られるのか？

なぜ止められないのか？

ビジネス？

結局、人の都合？

いつも自らに問うては言い訳や理由を探すことを繰り返してきた夏鈴。

美保のおじいちゃんをはじめ、若葉ヶ丘町会の人たちは、団結して、トッチーの「新しいいのち」について考えてくれた。最初は、切ってしまう人間の身勝手で新しいいのちだとか再生するいのちだなんて、おかしい。人間の自己満足だ、という声も確かにあった。もっともだ。樹そのものを移植する案もあった。でも、トッチーの身体が耐えきれないのだ。切ることを決めた人間。樹の声も聴かずに。だから、夏鈴は、トッチーと話し続けることで自分ができるぎりぎりのことをしたかったのだ。切られた後のトッチーのいのちの活かし方について。

夏鈴の焦りに街の息遣いと鼓動が少しずつ近づいてきた。少なくともトッチーを忘れかけていた街の人の何かをノックして、さざなみを起こしたことは明らかだった。

「トッチー。私、私……」

夏鈴は、伝えたい思いで心があふれそうなのに、言葉にならなかった。

「夏鈴ちゃん。わしは、夏鈴ちゃんの約束を信じているから、実は楽しみなんじゃ。だって、生まれ変わることを約束されている樹なんてこの世の中にそうはおらんじゃろ？　夏鈴ちゃん。ありがとう。わしの言葉を聞くことができる子どもが現代にもいることが何よりのお土産じゃよ。ありがとう」

「私こそ、私こそ本当にありがとう。トッチーに必要とされて私、自分が生まれ変わったの。本当だよ！　今度はトッチーが生まれ変わる番だからね」

「楽しみにしているよ。では、また会う日まで、さようなら夏鈴ちゃん」

「……さようなら　さようなら、ごきげんよう、トッチー。きっときっと、きっとまた会う日まで……」

トッチーは、切られた。
街の人たち、夏鈴たちが見守る中。
切られるのを見るのはつらすぎる。
でも、夏鈴は、見なくちゃいけないって強く、強く心に決めたのだ。
夏鈴の顔は、涙でとけてしまいそうだった。
でも、歯をくいしばって見守った。

それが自分の大切な
「いのちの使いかた」だから。

悲しいお別れから半年がすぎた。
公園が完成した。

名前は「とちのきこうえん」。

全部ひらがなにした。これは、トッチーの願いだった。

小さな子も読めるように、と。トッチーらしいな、と夏鈴はほほえんだ。トッチーが立っていた場所にはベンチがふたつ置かれた。S&K&Mと名前がほられていた。その名前の横には「街を見守っていてね、トッチー」という言葉がほられていた。夏鈴の想いのこめられた言葉だった。

ベンチの他にひとりがけのいすやテーブル、動物の木工人形もつくられた。樹でつくった「せんりょう」を使ってそめたそめ物は、街の博物館にかざられた。つくったのは、美保のおじいちゃん、街のひとたち、夏鈴たち、そして、夏鈴の学年の友達。その力が集まって、トッチーの命一つひとつを生まれ変わらせたのだ。

生者のトッチーから死者としてのトッチーとの再会。

その実感は、まるで新しい出会いとして夏鈴たちのからだにしみわたってゆくようだった。

今日もぽんぽこ山の広場には子どもたちの笑う声と虫たちのおしゃべりが絶えない。

その中に夏鈴と仲間たちの姿もあった。
元気に走り回る夏鈴のうしろすがた。
その背たけは転校してきたあの日から六センチも伸びていた。
そう、もうすぐ夏鈴は、六年生。

おわりに

この一年、複数の学校や個人などからの相談を聞きながら、言葉の「すり替え」について考えさせられることが多かった。

その中でも例えば、「いじり」「じゃれ合い」と「いじめ」との混同が特に目立っている。この「いじめ」から「いじり」「じゃれ合い」へのすり替えのために、「たかが、プロレスごっこでじゃれ合っていただけじゃないか」という理屈につながり、それがまかり通る。

「私の子ども時代からそんなことはありましたよ」

本当にじゃれ合っている場合もあるだろう。

行為が同じなのに、何が異なるのだろうか？

プロレスごっこが少し度を超すようにエキサイトしそうになった時、「もうやめようぜ」と誰かが言ったら止まる状態を想像してみてほしい。行為をしている誰であっても、その発言の効力が対等な状態を思い浮かべてみたい。

しかし、ある人が言ってもその行為に歯止めがかからず止まらない場合は、人間関係の強弱に極端な「差」が生じていることが懸念される。そのある人は、実は関係性における強者から支配的な圧力を受けている疑いがある。

つまり、そのような関係性の状態だとか、傷《いた》んでいる人の心理状態、集団心理的な状態を見つめることで、表面的な行為に惑わされないような眼を養いたい。人間関係の強弱の「弱の状態」にスポットライトを当てるのだ。

じゃれ合いがいじめに近似した時に、「強弱」の「強」、すなわち加害側がすり替える言葉としてしばしば使うのが「いじり」である。

そもそも「いじり」は芸人たちの芸の技としてあるものだ。

「さっきのいじり、やり過ぎてすみません」

「いいって。あれくらいやらないと視聴率あがらないよ」

プロレスごっこをする若者には視聴率は関係ない。リアルとバーチャルの境目が曖昧な現代だからこそ、言葉も極端に軽く、相手の人格を否定する暴力的な一線を越えてしまうのだろう。

多くの学校で、これらの言葉の混同とすり替えが日常的に起きている。

そして「すり替え」は、学校のみならず、この国の社会の隅々に、さり気なく、巧妙に、悪気がないふりをして浸透している。

まずは、大人、教師がこのことを理解し、子どもたちの導き手になりたいものだ。

編集部の真鍋かおるさん、ぼくの拙い筆の力を大きな懐で受け止めて見ていてくださって、ありがとうございました。

二〇二一年六月七日

渡邉 信二

【主な参考文献】

- 三年男子生徒死亡に関する調査委員会編「調査報告書について」、二〇一〇年
- 張賢徳『人はなぜ自殺するのか——心理学的剖検調査から見えてくるもの』勉誠出版、二〇〇六年
- 大貫隆志「ここから未来 keynote02『クリスマスの物語』から読み解く篠原真矢さんの自死の背景」、般社団法人ここから未来、二〇一九年
- アルフォンス・デーケン『よく生き　よく笑い　よき死と出会う』新潮社、二〇〇三年
- 坂口幸弘『死別の悲しみに向き合う』講談社現代新書、二〇一二年
- 坂口幸弘『喪失学』光文社新書、二〇一九年
- 土岐小百合『一本の樹からはじまった』アリス館、一九九四年
- 小林亜津子『はじめて学ぶ生命倫理』ちくまプリマー新書、二〇一一年

渡邉 信二（わたなべ しんじ）
1966 年東京都生まれ。約 29 年間、川崎市立小学校教諭及び総括教諭と市教育委員会学校教育部指導主事などを務め、2020 年 3 月退職。2010 年篠原真矢さんのいじめ自死についての調査委員を担当。真矢さんの死生と共に生きるための「いのちの授業」の実践を模索し続けている。
語り部〈真矢さんの「クリスマスの物語」を読み続けるひと〉として、2020 年 4 月からは、講演や研修、執筆を続けながら、私立・公立などの小学校の臨時教員や非常勤講師を担っている。
講演・研修・執筆の依頼連絡先：myclarinet@nifty.com

最後まで読まれなかった「クリスマスの物語」
◆川崎市中学生いじめ自死事件調査報告書から
●二〇二一年 六 月二五日――――第一刷発行
著 者／渡邉 信二
発行所／株式会社 高文研
東京都千代田区神田猿楽町二―一―八
三恵ビル（〒一〇一―〇〇六四）
電話03＝3295＝3415
http://www.koubunken.co.jp
印刷・製本／中央精版印刷株式会社
★万一、乱丁・落丁があったときは、送料当方負担でお取りかえいたします。
ISBN978-4-87498-761-2　C0037